Marc Nicolai

Lapsus congenitus

Formen der Auflösung

Marc Nicolai, „lapsus congenitus"

satirisch-philosophischer Kurzroman
Text, Satz & Cover-Gestaltung: Marc Nicolai
Erstveröffentlichung 2004

Vorliegende überarbeitete Ausgabe:

Bibliografische Information der Deutschen Nationalbibliothek:
Die Deutsche Nationalbibliothek verzeichnet diese Publikation in
der Deutschen Nationalbibliografie; detaillierte bibliografische
Daten sind im Internet über http://dnb.dnb.de abrufbar.

© 2019 Marc Nicolai

Herstellung und Verlag:
BoD – Books on Demand, Norderstedt

ISBN: 9783735763075

für C. und S.K. und alle Atome

Lapsus-Liste

lapsus contextus
lapsus solutionis
lapsus venerationis
lapsus coniugationis ionis
lapsus partus praecocis
lapsus praefinalis
die sekundäre Traurigkeit
lapsus corporae cavernosae
lapsus insaniae (1)
lapsus pulchritudinis
lapsus Andorrae (klein)
lapsus du carnard
lapsus frontalis
lapsus d'esçargot
lapsus absolutus
lapsus ecclesiae
lapsus leporis
Desinfektion
lapsus humationis
lapsus trepanationis
lapsus Atis (1)
lapsus oculores praeclarores
lapsus insaniae (2)
lapsus Atis (2)
lapsus tussis
lapsus somnii
Brief No 140
lapsus insaniae (3)
lapsus finalis

LAPSUS CONTEXTUS

Kampf den Aphorismen. Schluß, aus mit diesen schlimmen Gebilden. Es lebe der Kontext, schrieb ich, als den quasi letzten Aphorismus in sich. Bei Einhalten dieses Entschlusses würde ich viel Papier sparen, und die Kugelschreiber- und Schmierpapierindustrie würde in ihrem Jahresabschluß ein fettes Minus verbuchen.

Ein Schauer überkam mich, und plötzlich begann mir der Sympathikus ein paar Tausend Neurone zusätzlich zu aktivieren. Alles würde sich grundlegend ändern. Das war ein Entschluß für's Leben. Ein Bekenntnis. Das Bekenntnis zum Leben ohne Aphorismen. Ohne die kleinen aus dem Kontext gerissenen Weisheiten, die einen nur verwirren mit ihrem unwiderstehlichen Wahrheitsgehalt.

Gedanken schossen mir wild durchs Hirn, kollidierten miteinander und löschten sich aus. Ich würde den ganzen Thesaurus von unhinterfragten Regeln und Ratschlägen aus meinem Speicher schmeißen. Platz schaffen für eine klare Struktur und den Kontext.

Der Schauer und die Tachykardie verbanden sich zum altbekannten Gefühl der unbestimmten, diffusen Angst, und ich trank ein paar Martini, um es ein bißchen abzutöten.

„*Ein Leben ohne Aphorismen, nur Kontext - das setzt einen Plan voraus, eine Ordnung, eine Lebensstruktur oder irgend so was*", murmelte Daphne. Wir saßen im Steingarten. Viel Sonne. Ein wenig Körpergeruch kroch aus unseren Achselhöhlen. Wir hatten einen Federico aufgemacht und versuchten, so viel wie möglich davon vorm Verdunsten zu retten.

„*Wenn ich ehrlich bin, kann ich eine gewisse Befürchtung, eine leise Ängstlichkeit nicht leugnen*", gab ich in Erinnerung an meinen sympathischen Anfall und anschließenden Martinikonsum am Vorabend zu. Ich machte mit der einen Hand eine Geste der großen Offenheit (Handfläche zu Daphne), während ich mich mit der anderen fest ans Weinglas klammerte. Daphne begann zu nikken. Blickte verständnisvoll. Sie war eine hervorragende Schauspielerin mit besonderer Begabung im Improvisieren. Eine bezaubernde Künstlerin der Mimik und der Stimmmodulation. Wir schwiegen ein wenig. Dann faßte sie zusammen: „*Angst vorm Leben ohne Aphorismen, Angst, daß man den Kontext nicht durchhält. Das kenne ich. Das ist normal. Wenn überhaupt etwas normal ist. Die Angst vergeht mit der Einsicht, daß eh alles viel zu abstrakt ist, um sich daran zu halten. Die Aphorismen, der Kontext ... Ich will nicht nihilieren, aber so ist es doch. Zu der Erkenntnis kommt man irgendwann, und dann wird man wieder durcheinandergeschüttelt, sitzt wieder da ohne*

Ordnung, ohne Struktur. Nichts als Fetzen im Kopf und literweise Rotwein im Magen."

Sie vergaß ihre Rolle, ihre Mimik und ihre Modulation, erregte sich heftig und spülte mit Federico nach.

Wir schwiegen noch ein wenig. Die Sonne hörte nicht auf. Schließlich trennten wir uns erhitzt, erregt und ein wenig betrunken mit dem Vorsatz, eine Woche nicht mehr über das Thema zu reden.

~

Als die Sonne endlich bereit war, sich in einer etwas laueren Abendstimmung zu verabschieden, zog ich die Vorhänge zurück, machte ein paar Atemübungen am offenen Fenster (betonte Inspiration, bewußtes Exspirium) und versuchte, sämtliche Satzfetzen, die mir das Hirn verseuchten, zu verdrängen.

Als ich sicher war, von meinem Schreibtisch aus in den nächsten Stunden den Mond und mindestens sieben Sterne sehen zu können, machte ich mich an die Arbeit. Auf DIN A5 schrieb ich:

LAPSUS SOLUTIONIS

Manchmal kommt man in eine seltsame transzendentale Stimmung gerade so aus dem Bauch heraus. Die Realität wird blaugrünviolett, und die Schwingungen sind derartig positiv, daß man glaubt, man würde jeden

Moment in einen gasförmigen Zustand übergehen. Vielleicht sollte man sich all seine Atome durchnumerieren, um nach einer solchen Erfahrung wieder die richtigen molekularen Strukturen und aus ihnen die alte körperliche Ordnung herstellen zu können...

mir ging die Tinte aus.

Erinnerte mich an einen Orgasmus. Vor drei oder vier Jahren. Cassandra. Wir hatten eine wundervolle Plateauphase mit göttlichen Kontraktionen. Unser Schweiß floß literweise in lila Leinenlaken, und sein Duft vermischte sich mit der anderen Sekreter zu einer süßlich-aphrodisierenden Wolke. Ein paar liebevolle Urlaute hallten durch ihre riesige Altbauwohnung.

Wir verschlangen uns zu einem wilden Extremitätendurcheinander. Tausend Zärtlichkeiten pro Sekunde. Alles war Bewegung. Die Gedanken wichen uns aus dem Hirn, alles war Gefühl, ein einziges großes Gefühl, in dem wir badeten - ohne Hektik, aber mit rasender Geschwindigkeit. Bis sich die Zeit auflöste, der Raum nicht mehr existierte und alles explodierte oder implodierte in einem riesigen Urknall, und endlich flogen unsere Atome durch die Altbauwohnung direkt ins Universum.

Ich weiß nicht, wie wir wieder auf die Erde und in die Wohnung zurückgekommen sind. Es war meine erste und bis dato letzte Auflösung. Wir hatten fast zwei Jahre für diesen synchronen Orgasmus geübt.

Damals schien alles in Ordnung zu sein. Heute bin ich jedoch davon überzeugt, daß nicht alle Atome wieder an ihren ursprünglichen Platz zurückgekehrt sind. Manchmal fühle ich Cassandras Kohlenstoff in mir. Und ich bin sicher, es sind die tollsten Molekülgebilde teils aus ihren, teils aus meinen Atomen entstanden. Vor allem in den Neuronen meines limbischen Systems scheint es viele davon zu geben.

Auch Cassandra fühlte sich auf eine unbestimmte Art verändert, wie sie sagte. Wir haben viel darüber geredet, und wir haben viel probiert. Doch alle Versuche einer Wiederholung schlugen fehl oder mußten wegen starker Muskelkrämpfe vorzeitig abgebrochen werden. Daphne hat eher Verschmelzungsfantasien.

~

Ich trank ein paar Aspirin in Pernod, erbrach das Ganze bald wieder und hatte einen erstaunlich ruhigen Schlaf.

Am nächsten Mittag entschied ich mich wieder für DIN A4. Das Skript zum Thema Auflösung würde sonst wohl doch unerwartet dick werden. Wollte nicht, daß irgendein leseschwacher Verleger Ängste bekommt, mir ungezügelten Symbolismus vorwirft oder mich gar an die Sachbuch-

Redaktion verweist. Und überhaupt erweckt ein dickes DIN A5-Skript (im Gegensatz zum dünnen DIN A4) den Eindruck, es handle sich hierbei um das zentrale Thema. Auch wenn dem so war, so sollte man doch keinen Lapsus überbewerten. Vielmehr sollte man seine Aufmerksamkeit gleichmäßig über alle kleinen Vorfälle verteilen, damit einem der Kontext nicht entgeht. Man muß sich gewissermaßen den Panoramablick auf die Gesamtkatastrophe bewahren.   Am Abend rief Daphne an.

„Laß uns ein paar Tage in die Bretagne fahren", schlug sie vor. Ihre Stimme hatte eine gefährlich traurige Beimischung (Transposition in mir unverständliche Frequenzbereiche.)

„Ich sehne mich so nach Zärtlichkeit. Ich brauch' ein bißchen Wärme. Aber ich möchte nicht, daß uns jemand beim Küssen zusieht."

Ich bekam Angst vor Drucknekrosen und Saughämatomen, schwieg aber, um die Stimmung nicht zu verderben.

„Laß uns in irgendein Gebirge fahren, insistierte sie und brach in einen dezenten Weinkrampf aus."

„In der Bretagne gibt es meines Wissens keine nennenswerten Gebirge", versuchte ich sie beruhigen und erinnerte mich an eine Inszenierung von Max Frischs Andorra, in der ein unfähiger

Andri stundenlang nackt zwischen ein paar Pappmascheepanzern hin und her rennt. Cassandra saß neben mir und würgte. Wir gingen noch vor der Pause, aber der Abend war verdorben.

Als sich Daphne wieder unter Kontrolle hatte, überzeugte ich sie, daß es das beste sei, in die Pyrenäen zu fahren. In Andorra könne man zollfrei einkaufen, und so bestehe die Möglichkeit, neben der Erinnerung an endlose Gespräche, ein bißchen Erotik und was sonst noch passieren würde auch noch ein paar Flaschen Pernod mit nach Hause zu schmuggeln.

An Dr.Effroi schrieb ich:

Versuche es mit Verhaltenstherapie (ohne Ihnen untreu werden zu wollen). Von den Südländern kann man eine Menge lernen. Mittags depressiv und nachts hysterisch - vielleicht ist das der modus vivendi. Wir werden sehen. Nur ein paar Tage, dann begebe ich mich wieder in ihre analytischen Arme.

~

Am nächsten Nachmittag holte ich Daphne ab. Mein alter japanischer Wagen war vollgetankt. Die Reiseapotheke enthielt drei Flaschen Martini, zwei Anstaltspackungen Vivalan-Tabletten, verschiedene Benzodiazepine, zehn Flaschen Bier, Lithium, Kondome in verschiedenen Farben, vier Tampons, eine Magensonde, das alte

Diaphragma von Cassandra und... ein kleines Büchlein mit Aphorismen von Marc Aurel, das Daphne unter keinen Umständen entdecken durfte.

Daphne hatte einen Vertrag aufgesetzt, der festlegte, daß es auf keinen Fall zu ernsteren sexuellen Handlungen zwischen uns kommen dürfe ehe ich ihr nicht meine Liebe gestanden und Cassandra rückstandslos aus meinem Hirn eliminiert hätte. Ich unterschrieb, und wir nahmen bei praller Nachmittagssonne eine Landstraße in Richtung Süden.

Daphne erzählte ausdauernd langweilige Geschichten aus ihrem aufregenden Leben als Anästhesistin, während ich überlegte, wo das Aphorismen-Büchlein wohl am sichersten vor ihr sei.

Zum Thema Auflösung schreibt Marc:

Alle sichtbaren Dinge werden sich rasch verwandeln und entweder zu Rauch ... oder sich in Atome zerstreuen.

Etwa ein Jahr nach der finalen Großkatastrophe (Lapsus absolutus - alles was danach kam, zählt zum sekundären Leben) setzte ich eine Annonce in einen Pariser Anzeiger. Bis dato hatte ich 256 Briefe in je drei Kopien an verschiedene potentielle Adressen geschickt, ohne jedoch auch nur ein brauchbares Lebenszeichen zu erhalten.

Ich wählte Fettdruck, doppelte Breite:

Liebste C.,
habe noch einige Atome von Dir,
lebe aber nicht mehr.
Bitte schreibe ein Buch über uns!

Die Resonanz war enorm. 46 Bildzuschriften von hübschen und häßlichen Christines, Charlottes etc., die teilweise erstaunliche Angebote machten.

Einen Monat später erhielt ich das Manuskript einer Abhandlung über das Sexualverhalten englischer Paviane (31 Seiten, mit Illustrationen). Anbei lag ein graues DIN A5-Papier. Cassandra schrieb (Lapsus venerationis):

Ewig diese Briefe. Wie sie interpunktieren und sich jammernd zwischen den Zeilen winden. Diese Verehrer. Diese ewig treuen, trauernden Ünglücksfetischisten. Prahlen mit ihren kleinen Neurosen und huldigen dem Hypochondertum. Könige des Selbstmitleids und der Autodigestion. Meister der Diarrhoe und des Vomitus. Die Kleinen mit dem großen nekrotischen Herzen. Immer kurz vor der Dekompensation. Jederzeit zu einem spontanen depressiven Schub bereit, chronisch labil in allem, dyston, verstört und unbelehrbar.

Was tun mit den oral Fixierten und ihrer fordernden Abhängigkeit? Was tun mit ihren Briefen? Erst lesen, dann verbrennen, und wohin dann mit der Asche? Oder gleich zum Altpapier, oder den Briefträger umbringen... nichts als Ärger.

Was wollen die eigentlich? Wollen die was? Fordern die etwa das große Glück? - Nein, gar so blöd sind sie ja nicht. Die kennen ganz genau die Grenzen zum Pathologischen und die haben ihre Träume in separaten Schubladen.

Was wollen sie denn dann? Die sagen auch nie, was sie wollen. Die sind einfach immer da. Sie existieren. Sie reden, erklären manches, vieles aber nicht. Manchmal lächeln sie. Wenn man wen braucht, ruft man sie an, dann hören sie zu. Wenn man sie nicht braucht, dann rufen sie an, aber man legt nicht auf, denn irgendwie ist man ja ihr Freund. Und irgendwie ist es eine schöne und ehrliche Freundschaft. Manchmal glaubt man, daß sie einen wirklich lieben.

~

Bis zur Grenze hielt ich durch, dann bat ich Daphne, zu fahren. Und ich bat sie, den Mund zu halten.

„Dich plagt wieder ein kleiner Aphorismus, eine kleine dumme Erinnerung", stichelte sie. Mir war einfach nur schlecht. Alle Gefühle mischten sich zu einer trüben Endzeitstimmung. Alle Nervenbahnen waren hoffnungslos überlastet, wichtige Systeme brachen zusammen. Sämtliche Sinne drohten, ihre Funktion einzustellen. Daphne redete wahrscheinlich immer noch, aber ich hörte sie nicht mehr. Schließlich stimmte mein Magen in die Psychosomatokatastrophe mit ein und

drohte, seinen spärlichen Inhalt in Richtung Oesophagus loszuwerden. Ich röchelte.

Daphne fuhr auf einen Parkplatz. Mit letzter Kraft griff ich nach dem schwarzen Koffer auf der Rückbank. Der hatte allerdings ein Zahlenschloß, das ihn gegen unberechtigten Zugriff schützen sollte. Allein, ich konnte mich nicht konzentrieren und auf Zahlenkombinationen schon gar nicht. Daphne redete nicht mehr. Sie grinste und schaute genüßlich zu, wie ich mit verkrampften Fingern am Koffer manipulierend einen Weinkrampf bekam.

Effroi sagt: *Befreit das Unglück den Geist auch vom falschen Glauben, so schneidet es ihm auch allzuleicht jede Verbindung nach außen ab.*

Ich sage: *Es gibt kein größeres Unglück, als durch eine sechsstellige Zahl von einem Koffer voll Martini und Vivalan getrennt zu sein.*

Als sie mein Leid nicht mehr ertrug, kramte Daphne in ihrer großen Reisetasche und holte ein Päckchen Valium hervor.

Na, wenigstens etwas. Ich schluckte initial 10 oder 20 mg und wartete auf Besserung.

Daphne setzte sich auf die Wiese zwischen zwei Hundehaufen und nagte an einem Apfel oder etwas Ähnlichem. Cassandra war sehr für gesunde Ernährung, auch wenn sie es selbst zu ihrem großen Bedauern nicht immer ganz durchhielt.

„Das sind ja gute Voraussetzungen", raunzte Daphne, „wenn wir wegen jeden bißchen Liebeskummers anhalten, werden wir nicht weit kommen."

Sie fixierte mich. Ich saß bewegungslos im Wagen, den Koffer auf dem Schoß, und hatte Mühe, das Diazepam im Magen zu halten und zu resorbieren.

„Ein bißchen Liebeskummer gibt es nicht", versuchte ich Daphne aufzuklären. „Das ist wie 50 Mikroliter Champagner, das ist Unsinn, pervers. Als wolle man Atome mit dem Tomatenmesser zerteilen."

Sie bestand darauf, unverzüglich weiterzufahren, und wenn ich den Wagen vollkotzen und daran ersticken müßte, das wäre ihr egal. Sie wolle jetzt in ein Gebirge, und ob ich tot oder depressiv sei, mache für sie keinen großen Unterschied.

„Es wird ein schlimmes Ende nehmen", sagte Cassandra. Und ich wußte, sie hatte recht. Ich sah in ihre immer großen Augen, braun und von einem sehr glänzenden Lacrimalfilm überzogen. Ihr Blick war immer voller Erkenntnis, aber niemals ohne Hoffnung. Habe mich verloren in diesen Augen, bin irgendwie hineingerutscht.

Mein Körper kreierte neue Hormone, wenn wir zusammen waren, und ließ sie heftig brodeln. Sie verdampften und ich war benebelt. Wir redeten, und unsere Sinne waren ineinander verschlungen. Alles war ein universales Feuerwerk, es entstanden damals tausend neue Sterne und formierten sich zu einer Galaxie der Glückseligkeit.

Mein Sympathikus aktivierte regelmäßig seine letzten Reserven (ich lief tatsächlich Gefahr, daß mir die Transmitter ausgingen), und mein Herz hypertrophierte.

Immer wenn ich nach einem solchen Raptus amoris wieder etwas Klarheit und Struktur in mein Denken bringen konnte, dann gab mir mein Verstand die einzig vernünftige und logische Antwort: *Ja!*

„Es wird ein schlimmes Ende nehmen", sagte Cassandra. Und sie hatte recht.

~

„Versuchen Sie doch nicht, so was in Worte zu fassen", sagte Dr. Effroi mit grimmigem Blick, aber sanfter Stimme in einer der ersten Sitzungen.

„So was ist ein bißchen individuell und derart emotional, und das Unbewußte ist da dem Bewußten immer ein bißchen voraus. Da können sie noch so schöne Sätze entwickeln," (er explorierte

mit dem linken Zeigefinger sein rechtes cavum nasi) *„Sie werden mir das Gefühl nie vermitteln können. Darum geht es auch gar nicht. Halten wir fest, daß sie ein bißchen verliebt waren..."* (ich rebellierte empört, wollte aufspringen, ihm an den Kragen, ihn erdolchen mit dem Brieföffner, ihm zumindest das Bild von Freud samt Glasrahmen in die Fresse drücken, oder wenigstens schreien, ihm heftig widersprechen, ob dieser boshaften Verniedlichung meiner größten Gefühle - ich schwieg).

„Kommen wir endlich zum Punkt", fuhr er gelangweilt, meinen mortalen Blick ignorierend (Meister der Abstinenz) fort. *„Kommen wir ein bißchen zu dem, was wirklich wichtig ist. Wie stand es mit ihrem Sexualleben?"*

Ich machte ein paar Atemübungen und fragte, ob ich ein Valium haben könne.

„Ihr Sexualleben!" insistierte Effroi mit abgekühlter Stimme.

„Wir waren im Grunde sehr verschieden, stimmten aber in essentiellen, existentiellen und auch rein rhetorischen Fragen absolut überein, antwortete ich wahrheitsgemäß. *Cassandra beherrschte die nonverbale Kommunikation vorzüglich. Sie hatte ein unendliches Repertoire an Blicken und Gesten. Doch sie konnte ebenso wundervoll reden wie schweigen. Egal, was und*

wie sie es sagte, es war immer ein Sinn und eine Wahrheit dahinter, darauf konnte man sich verlassen. Wir bombardierten uns oft mit Dreideutigkeiten oder absichtlichen Undeutlichkeiten, doch es mangelte nie an Verständnis; wir konnten auf jeder Ebene kommunizieren ohne Verbalkatastrophen, ohne je den Konsens zu verlieren."

Effroi wurde unruhig, streichelte seinen Gummibaum und beugte sich dann drohend über mich. *„Und wie klappte ihre Kommunikation auf sexueller Ebene?"*

„Cassandra menstruierte bei Vollmond, als ich sie kennenlernte. Später verschob sich das etwas. Sie war sehr offen. Aber sie hatte ihr Geheimnis, und ich wußte, daß sie es nie einem irdischen Geschöpf preisgeben würde."

Effroi horchte auf. *„Was für ein Geheimnis? Eine Abart, eine Perversion, eine ungewöhnliche sexuelle Vorliebe vielleicht?"*

„Es ging etwas sehr Magisches von ihr aus und war immer um sie herum. Eine fremde und doch so vertraute Aura. Hier möchte ich wirklich nicht versuchen, etwas Unbeschreibliches in Worte zu pressen.

Mir fielen damals nur ein paar Seltsamkeiten auf. Cassandra hatte eine sehr starke Beziehung zum Mond und überhaupt zu allem extraorbitalen. Wenn man mit ihr zusammen war, geschah es

*nicht selten, daß man sehr unerklärliche Phäno-
mene am Himmel sah. Auch sprach sie nachts öfters von ihrer Heimat und meinte damit keinen
Ort auf diesem Planeten."*

„Sie phantasieren ja bloß wirres Zeug", entrüstete
sich Effroi, drohte mir mit Therapieentzug und
brach die Sitzung ab.

~

Daphne hatte Mühe, ihren Fuß ruhig auf dem
Gas zu halten. Sie erzählte (von ihren schönsten
Narkoseeinleitungen und Ähnlichem) mit halb
geschlossenen Augen, beschleunigte jedesmal
um ca. 20 km/h, wenn eine ihrer Geschichten einen Höhepunkt erreichte, und hupte ab und zu
grundlos.

Meine Versuche, einzuschlafen, mißlangen, ob
meiner immer noch latenten Übelkeit. Der Japaner ruckelte schauderhaft. Autofahrten waren
schon immer äußerst toxisch für meinen labilen
Organismus. Es war sehr fraglich, ob ich diese
überleben würde.

Ich nutzte Daphnes Sprechpausen, um mich auf
die gottverdammte Kombination für die Reiseapotheke zu konzentrieren, konnte mich aber lediglich an die Zahl 4 erinnern, was in diesem spe-
ziellen Fall nicht sehr viel weiterhalf.

„Laß uns in Besançon eine Apotheke suchen", schlug ich Daphne vor. Sie schwieg.

Ich kramte mein Manuskript hervor. Im Chaos fand ich eine rotweinbesudelte DIN A4- Seite:

Wenn wir uns mit unserer eigenen Auflösung beschäftigt haben, müssen wir uns langsam aber entschlossen der Erkenntnis über den universalen Gesamtauflösungsprozeß nähern.

Aus dem Glauben an die Urmasse, den Knall und die fortwährende Expansion des Universums heraus muß man die Welt (jedenfalls die, die uns etwas angeht) als einen einzigen Auflösungsprozeß ansehen. Alles ist stetiger Zerfall - mit ein paar Klumpen und Verklebungen hier und da.

Wir sind die eigentlichen Atome - Ionen meistens. Beziehungen sind dann nichts als Ionenverbindungen, Mikromoleküle sozusagen. Locker, leicht mit austauschbaren Partnern, aber doch fest genug, um Welten daraus aufzubauen.

Brief No121 an Cassandra brachte geschickt und auf angenehm dezente Weise die Urverzweiflung zum Ausdruck:

Liebstes Kation,

Du fehlst mir. Vielleicht wären wir in einem elektrisch neutralen Raum glücklich geblieben. Viel Glück auf Deinen Bahnen.

Dein Anion.

„Kannst Du Dich noch daran erinnern...", fragte Daphne plötzlich ohne Vorwarnung, sehr pathetisch, als Einleitung zur Erinnerung an den Lapsus partus praecocis. *„Wie wir uns das erste Mal begegnet sind?"*

„Nein", antwortete ich sinngemäß.

„Wie es Jasmin wohl geht? Sie müßte jetzt drei sein."

Jetzt erinnerte ich mich dummerweise. *„Jasmin wird das Ganze nicht überlebt haben."* Ich suchte eine Zigarette, fand aber keine.

Jasmin war eine schlimme Frühgeburt. Sie war zu klein, zu kurz, konnte nicht atmen und hatte furchtbare Krampfanfälle. Man sah ihr einfach an, daß sie ihren Uterus nicht verlassen wollte. Sie ahnte, was es mit dieser Welt auf sich hat.

Daphne geriet auf die Gegenspur, zog mit ein paar unnachvollziehbaren Lenkmanövern wieder nach rechts und hupte kräftig.

„Du kamst so hilflos in die Frauenumkleide dieses Kreissaals gestolpert, schwelgte sie weiter."

„Ich hatte mich in der Tür geirrt."

„Du bist so zerstreut im OP rumgerannt. Ich konnte mich kaum auf die Narkose konzentrieren, hatte dauernd Angst, daß Du irgendwo gegen rennst oder einfach umkippst."

„Ich hatte viel zu große Schuhe erwischt. Außerdem war mir der Mundschutz verrutscht. Mein Gott, das war mein erster Tag als Assistent auf der Gyn. Mir war schlecht. Ich hatte sympathomimetische Anfälle. Als der Anruf vom OP kam, blätterte ich gerade in meinem Ratgeber (Gynäkologie für Laien und Pessimisten). Ich fand das Wort Kaiserschnitt pervers und hatte keine Ahnung, wie man so was macht."

Daphne hatte bestimmt noch Zigaretten in ihrer wunderbaren Reisetasche.

„Ohne die fachübergreifende Hilfe von Hebamme und OP-Pfleger wäre Jasmin nie zur Welt gekommen", raunzte Daphne.

„Jasmin wollte überhaupt nicht zur Welt kommen. Niemand hat sie gefragt. Diese sectio war ein existentieller Kampf, und Jasmin hat verloren - gegen das Leben. Es war ihre erste große Niederlage. Sie wollte den Uterus nicht verlassen."

„Sie konnte den Uterus nicht verlassen. Der Schnitt war viel zu klein."

„Die Anästhesie war schlecht."

Daphne fuhr auf den Seitenstreifen. „Aber wir haben's geschafft. Es gab keinen Grund für Dich, gleich am nächsten Tag zu kündigen."

„Männer haben in einem Gyn-OP nichts zu suchen. Hast Du eine Zigarette?"

„Na, jedenfalls hast Du mich danach zum Kaffee eingeladen."

*„Wir haben uns rein zufällig in der Kantine getrof-
fen. Du hast Deinen Kaffee selbst bezahlt."*

In Daphnes Reisetasche fand ich fünf Päckchen
Dunhill.

*„Du hast Dich auf jeden Fall mit einer Anästhesi-
stin eingelassen."* Sie schaltete den Warnblinker
ein.

*„Du hast nach Halothan gerochen. Du riechst
überhaupt immer nach irgendwas anästheti-
schem. Hast Du Feuer?"*

Dr. Effroi war ein sehr ernsthafter und ein vertrau-
enswürdiger Mensch. Er war vielbeschäftigt,
seine Terminkalender voll, dennoch empfing er
mich in kurzen Intervallen immer wieder gerne.
Ich hatte das Gefühl, mein Fall rege ein besonders intensives Interesse in ihm. Und ich schien
recht zu haben.

An einen verkaufsoffenen November-Samstag
rückte er mit seiner ersten Verdachtsdiagnose
heraus.

Er kippte zwei Gläser Pernod, lutschte an einer
unglaublich dicken Zigarre, kniff die Augen zusammen und sah an mir vorbei.

„Ich habe viel über Sie nachgedacht", sagte er
verheißungsvoll. *„Möchten Sie ein Valium?"*

Ich nahm eines, nahm auch ein Glas Pernod, um die Spannung zu ertragen.

Effroi lehnte sich zurück und grinste genüßlich. *„Sie haben eine schlimme Fixation. Das ist die Richtung. Da müssen wir ein bißchen weiter bohren."*

Seine Offenheit berührte mich. Ich fühlte, wie er sich behutsam der Wahrheit zu nähern suchte und sie doch um Meilen verfehlen würde. Ich nickte stumm.

„Vielleicht ist es eine orale, vielleicht ein bißchen mehr eine anale Fixation..."

„Nein", protestierte ich. *„Es ist eine Cassandra-Fixation. Verstehen Sie doch..."* Mir versagte die Stimme.

Der Doktor riß die Augen auf, zupfte sich am Bart herum, beruhigte sich wieder und sagte dann sehr leise: *„Das ist es, was ich meine. Ihre Geschichten mit dieser Cassandra langweilen mich fürchterlich. Ihre sexuellen Erlebnisse sind jämmerlich. Wir müssen unbedingt ein anderes Thema finden. Nehmen Sie bitte noch von dem Diazepam oder einen Pernod."*

Wir schwiegen eine Weile.

„Cassandra hatte braune Augen, sehr braune Augen. Ich war zuerst kritisch. Doch ich habe mich so maßlos verliebt in diese Augen." (Effroi gähnte.) *„Irgendwann ließ ich ihre Augen aus einem Foto heraus vergrößern. Aber das war es nicht. Es fehlte das Lebendige, der Zauber.*

Mit achtzehn veröffentlichte sie ein Manifest für die Masturbation. Es war das Ergebnis lebhafter Synthese- und Identifizierungsarbeit im psychophysischen Fiasko der Pubertät. Sehr einfühlsam und offen beschrieb sie sehr phantasievolle Techniken und ihre Einübung. Obwohl sie sich auch später nie der reinen Belletristik widmete, hatte sie schon in diesem Debütwerk einen wundervollen Stil entwickelt, der auch verklemmte Leser fesselte. Als wir uns kennenlernten war sie dreiunddreißig und dachte über eine überarbeitete Neuauflage nach. Um sich besser den männlichen Emotionen annähern zu können, ließ sie mich masturbieren bis zum Umfallen und machte unzählige Skizzen.

Ich brauchte in meiner Pubertät viel Schlaf und bin bis heute nicht richtig aufgewacht."

„Aha", raunzte Effroi, dann nickte er wieder ein.

„Ihre erste ernsthafte Affäre hatte Cassandra mit einem arabischen Asthmatiker. Sie lebte ein Jahr mit ihm in einer zwanzig Quadratmeter großen Sozialwohnung. Dann konnte sie das Gehuste und Gewürge nicht mehr ertragen. Sie haßte Dyspnoe und Auswurf.

Nachdem sie verschwunden war, fiel mir irgendwann wieder ein Exemplar des Manifests in die Hand. Aber es funktionierte nichts mehr. Im Brief No97 schrieb ich ihr von meinen erektilen Problemen, die aus einer grenzenlosen Gesamtlustlosigkeit resultierten."

„Schluß", rief Effroi plötzlich, als sei er aus einem Alptraum hochgeschreckt. *„So geht das nicht*

weiter. Was ist mit dieser Anästhesistin, die Sie neulich kennengelernt haben?"

„Sie sagt, sie würde für mich sterben. Ich frage mich, was ich davon hätte. Wir haben uns auf eine Low-dose-Beziehung geeinigt."

Effroi sah auf die Uhr. „Sie sollten auf Vivalan umsteigen, dazu schreibe ich Ihnen ein bißchen Lithium auf. Außerdem sollten Sie ein bißchen Ihre Nerven schonen. Suchen Sie sich einen ruhigen Job. Gehen Sie in die Pathologie. Was macht Ihre erektile Dysfunktion?"

„Es geht. Seit ich Daphne getroffen habe, geht es wieder. Danke."

In einem Artikel über die Selbsthilfegruppe erektil Dysfunktionierender schreibt Effroi:

Ihr Penis steht und fällt mit der Gesundheit ihres Geistes.

~

In Besançon hielten wir als erstes an einer pharmacie. Das Wort Neuroleptikum war im dictionnaire allerdings nicht zu finden. Der pharmacien sprach keinerlei Fremdsprachen. Katastrophe. Zudem wollte er eine ordonnance sehen. Wir hatten keine. Die Kopie von Daphnes Approbation erkannte er nicht an.

Während Daphne noch in wilden Französisch-Fragmenten verhandelte, entdeckte ich auf der gegenüberliegenden Seite eine kleine Renault-

Werkstatt. Ich holte die Reiseapotheke aus dem Wagen. Eine sehr nett lächelnde Mechanikerin Mitte dreißig rückte dem Koffer mit einem monströsen Brechwerkzeug erfolgreich zu Leibe. Das Paradies war offen. Ich bedankte mich mit 50 Francs und einer Einladung zum Essen, die sie glücklicherweise höflich ablehnte. Daphne beschloß, ein Hotelzimmer zu suchen. Ich beschloß, unterdessen ein bißchen Hoffnung in einigen Gläsern Pastis zu suchen. An der Straßenecke gab es ein kleines Bistro. Auf die Papiertischdecke schrieb ich:

Neben der Auflösung der Materie ist es vielmehr die Solution von Gefühlen, die uns so ungreifbar, unserem Verstand so unzugänglich ist.

Der fünfte Pastis brachte ein wenig Struktur in die Erinnerung an die spontane Auflösung eines ganzen Emotionskomplexes:

LAPSUS PRAEFINALIS

An einem Dienstag mitten im März um 11:32h hörte Cassandra plötzlich auf, mich zu lieben. Ohne Vorwarnung (wie mir schien), ohne Streit, Diskussion, ohne ein Wort, perakut, subitum. Drei Tage nach ihrer Facharztprüfung.

Ihr Blick wurde kalt. Ihr Lächeln kollabierte. All ihre Hormone waren wieder im Normbereich und vollständig ihrer Kontrolle unterworfen. Sie sprach den ganzen Tag kein Wort, öffnete ihren Mund keinen Spalt. Hätte sie geschwollene Nasen-schleimhäute gehabt, sie wäre erstickt.

Ich machte ihr drei Szenen, sagte einige nicht so gemeinte Gemeinheiten. Später bekam ich Weinkrämpfe, bettelte, flehte. Sie blieb stumm und ging.

Um 23:18h bestellte ich den Notarzt und ließ mir einige Liter Valium spritzen.

In den nächsten sieben Tagen war Cassandra nicht erreichbar. Eine Nacht verbrachte ich ver-geblich vor ihrer Tür. Auch per Telefon war keine Verbindung mehr herzustellen.

Ich besorgte mir LSD und schrieb ein achtzehnsei-tiges Testament (DIN A4).

Am achten Tag rief sie an. Ich sei ein wirklich gu-ter Freund. Aber Liebe sei eine Wolke, und es sei immer klar gewesen, daß es eines Tages regen würde. Es geschehe nichts, was nicht auf jeden Fall geschehe, weil es einfach geschehen müßte.

Der Prozeß des Sterbens hatte eingesetzt. Mein Geist und mein Verstand waren schon dahinge-schieden. Meinem Körper mußte ich noch ein wenig nachhelfen. Ich machte Großbestellun-gen bei einigen Brauereien und nahm einen Kre-dit auf, um meinen Dealern nichts schuldig zu bleiben.

In den folgenden zehn Tagen nahm ich 13 Kilo ab. Cassandra ging nicht ans Telefon, ließ nichts von sich hören.

Am 27. Tag fand ich im Journal für esoterische Medizin einen Artikel von ihr:

DIE EWIG BLINDEN

Man sagt ihnen Troja wird untergehen, laßt das Pferd nicht rein. Was tun sie? Sie öffnen weit ihre Tore. Man sagt ihnen, vertraut nicht jedem, der euch Arbeit verspricht, und sie heben nur still ihre Hand zum Gruß.

Blinde Männer. Es gibt nur die ewig Blinden. Andere gibt es wohl nicht.

Man sagt ihnen, es wird ein schlimmes Ende nehmen, und sie schweigen und küssen einen.

Sie leiden unter der fatalen Unfähigkeit, Katastropheneinleitungen zu erkennen, sie stolpern blind im Prolog eines Desasters herum, verdrängen alle Indizien auf die Ebene der Vorahnung, und leugnen auch diese noch.

Wird schon werden, sagen sie und sind sehr erschrokken, wenn es doch nicht wird. Und es sind gerade die Neurotisch-Depressiven, die nichts verstehen. Man schaut ihnen einmal zärtlich in die Augen, und schon lösen sie sich in ihre Bestandteile auf. Durch ihre Blindheit und Verdrängung werden sie von einer Katastrophe nach der anderen heimgesucht, immer wieder verwundert und erstaunt, aber längst süchtig danach. Man könnte Mitleid mit ihnen haben.

Es knallte. Es knallte direkt vor meinem Kopf, den ich ob seiner pastisinduzierten Schwere mit beiden Händen festhalten mußte. Es knallte sehr laut.

Eine unüberhörbare Nevertheless-Katastropheneinleitung (auch für Blinde). Es knallte ein Buch auf den Tisch. Daphne war die Knallerin, Marc Aurel der Geknallte.

Sie holte tief Luft, sah sich um, ob sie genug Publikum habe, und machte mir schließlich eine kunstvolle Szene. Bühnenreif, wie jeder Daphnes öffentlicher Auftritte. Ein kraftvoller Monolog. Viele Parabeln aus dem Tierreich, sehr phantasievolle Wortneuschöpfungen und einige Standards der Wut. Ihre gekonnte Stimmdynamik und ein kleines Feuerwerk an Gesten und Grimassen rundeten den Rapsus ab. Inhaltlich erreichte mich etwa folgendes:

Ich sei ein Lügenschwein, ein arroganter Drecksack. Würde erst große Vorsätze fassen. Dramatisch den Aphorismen abschwören, endlich einen Kontext suchen wollen... Und dann fände sie in der Reiseapotheke so etwas Schäbiges wie dieses Marc-Aurel-Büchlein.

Ich schwieg. Beobachte die Franzosen an den Nachbartischen wie sie uns beobachteten.

Nach zwei Minuten und vierzehn Sekunden ging ihr die Luft aus. Sie setzte sich erschöpft. Der aufmerksame garçon brachte eine neue Flasche Pastis.

Als sich die anderen Gäste wieder mit ihren eigenen Problemen beschäftigten, versuchte ich, irgendwas zu sagen. Glücklicherweise fiel mir nichts passendes ein. Nahm einen viel zu großen Schluck Pastis, verschluckte mich und besudelte Marc Aurel.

Daphne lachte kurz auf, löste ihre Verspannungen, schüttelte sich wie nach einer erfrischenden kalten Dusche und fragte dann sehr leise und beängstigend ernst, ob wir nicht endlich heiraten wollten.

Ich nahm Marc und die Flasche Pastis, zahlte an der Theke und verließ die Kneipe mit gekonnt pathetischem Schritt.

Daphne rannte hinter mir her. Es täte ihr leid. Sie hätte das alles nicht so gemeint. Natürlich wolle sie mich nicht heiraten. Das wäre ihr nur so rausgerutscht etc.

Am 35. Tag öffnete Cassandra die Tür. Es wäre nicht mein allerletzter Versuch gewesen, aber einer der allerletzten, denn ich war am Ende. Hatte mir zwischenzeitlich einen reizenden Grabstein fertigen lassen. In Form einer kleinen Pyramide aus rosa Marmorimitat. (Inschrift: Lapsus postmortalis in schwungvollen Lucida Calligra-Lettern.) Damit war der Kredit aufgebraucht. Ich befand mich im Stadium der Agonie. Gab mir noch drei Tage höchstens. Wollte Cassandra vorher unbedingt noch zwei- oder dreimal sehen. Schleppte mich mit letzter Kraft vor ihre Tür. Ohne Hoffnung.

Sie öffnete. Tatsächlich. Am dritten Tag vor meinem endgültigen Abschied. *„Komm rein"*, sagte sie warm. Lächelte. Ich versuchte, meinen Kreislauf wieder einzuschalten. Konnte aber nur mühsam stehen. War aphon. Starrte in die braunen Augen.

Sie machte Karameltee. Lächelte wieder. Ich versuchte einen flüchtigen Kuß. Sie wich aus.

In den folgenden Tagen gingen wir ein paarmal essen. Führten sehr schöne Gespräche, mieden aber gewisse Themen und stellten uns keine Fragen. *„Ich weiß"*, sagte sie oft. Denn sie wußte, was ich sagen wollte. Sie wußte es wirklich.

Ich erholte mich erstaunlich schnell. Machte ein Metadonprogramm mit, nahm zu und konnte bald auch wieder komplexe Satzstrukturen bilden.

Cassandra machte unterdessen viele Nacht-dienste und schrieb nebenbei an einer Veröffent-lichung mit dem Titel:

Beckenbodeninsuffizienz und andere Unzulänglichkei-ten im Bereich der männlichen hinteren Harnröhre (Urodynamische Beobachtungen an dysurischen hete-rosexuellen neurotisch depressiven Männern)

Ich schrieb nichts, verschob mein Examen und probierte alte und neue Masturbationstechniken.

Ich sei viel zu ernst, würde nicht mehr lachen, stellte Cassandra eines Abends fest (vier Kerzen, Federico rosè). Sie hatte recht.

In Brief No82 schrieb ich später:

Die sekundäre Traurigkeit kommt später. Schleicht sich langsam ins Gemüt mitten in der Remission. Alles be-wölkt sich wieder, und die spärlichen Farben, die man wieder zu sehen glaubte, verblassen erneut.

Die sekundäre Traurigkeit ist eine tiefe, sehr intensive. Kein simpler Primäraffekt, sondern die endgültige Re-aktion auf den Verlust. Es ist die Erkenntnis, daß alles kein Alptraum war. Nun droht wieder die Realität, der Alltag. Man muß wieder reden und agieren. Doch der Schmerz ist noch da. Nicht mehr stechend und vernich-tend wie in der Affektphase, aber dumpf und chronifi-ziert. Es bleiben ein paar ausgewählte Erinnerungen. Und die führen zusammen mit dem Schmerz und dem Alkoholismus in den süßen Trägheitszustand der sekun-dären Traurigkeit.

~

Daphne hatte ein sehr kleines Hotelzimmer organisiert. Wir lagen aneinandergedrängt in einem sehr französischen Bett. Sie heulte. Jämmerlich. Ich schwieg. Wollte einschlafen, von Cassandra träumen. Bekam aber aus irgendwelchen Gründen eine Erektion und stieß damit an Daphnes Knie. Ihr Schlurzen brach abrupt ab. Sie sprang auf und wühlte in ihrer Reisetasche. Als sie endlich mit rosa Kondomen wiederkam, waren meine Schwellkörper bereits wieder entleert. Um Schlimmeres zu verhindern, erinnerte ich sie an unseren Vertrag. Sie stülpte mir das Gummi über die Nase und schlief wütend ein.

Am Morgen weckte sie mich um 6:07h. Um 6:42h fuhren wir los.

Marc schreibt (zweites Buch):

Betrachte niemals etwas als deinen Vorteil, was dich einmal zwingen kann, die Treue zu brechen, die Ehrfurcht zu verlieren, jemanden zu hassen, zu beargwöhnen, zu heucheln, etwas zu begehren, das der verdeckenden Mauern oder Vorhänge bedarf. Denn wer seinen eigenen Geist und den Dämon in seiner Brust und ein seiner Heiligung geweihtes Leben (schlimme, sehr römische Worte) allem anderen auf der Welt vorzieht, der wird nicht Held einer Tragödie, der stöhnt nicht, der bedarf weder der Einsamkeit noch einer Ansammlung vieler Menschen. Und, was die Hauptsache ist, er lebt, ohne zu verfolgen und ohne zu fliehen.

Vor meiner nächsten Sitzung bei Dr. Effroi gab es sicher ein Zeichen, eine kleine Katastrophenwarnung. Ich muß sie übersehen haben. Betrat die Praxis - Teil einer grünbewachsenen Villa, Mitte letztes Jahrhundert, sehr pittoresker, verwilderter Garten, im anderen Teil residierte eine Andrologin - mit dem festen Vorsatz, auf ein bißchen mehr Wissenschaft zu bestehen. Schluß mit der Freudschen Vorschule. Es lebe die endogene Depression des Erwachsenen!

Effrois junger Sprechstundenhelfer machte ein betretenes Gesicht und winkte mich mit einem ernsten Er-wartet-schon-auf-sie an sich vorbei ins Sprechzimmer. Dort saß Effroi in sich zusammengesunken, den Kopf in die großen Hände gestützt, hinter seinem riesigen Teakholz-Schreibtisch, auf dem ein ansehnliches Arsenal an Spritzen, Kanülen, aufgebrochenen Ampullen, Schläuchen, Pernod-flaschen, zerbröselten Tabletten, Infusionsflaschen und anderen i.v.-Waffen ausgebreitet war.

Er wartete, bis ich dicht vorm Schreibtisch stand. Dann hob er langsam und pathetisch sein graues Haupt. Unter den buschigen weißen Brauen quollen seine blutunterlaufenen Augäpfel hervor, bewegten sich ein wenig unkoordiniert und pendelten sich dann langsam auf mich ein. *„Endlich"*, hauchte er sehr theatralisch, aber ohne Talent.

Sein linker Arm war eine einzige Hämatomlandschaft, wohl Opfer des mittelschlägigen Tremors seiner rechten Hand. Insgesamt ein peinlicher, aber nicht uninteressanter Anblick.

„*Wissen sie*", fuhr er unter größter respiratorischer Anstrengung fort, „*daß sie mein Lieblingspatient sind. Diese, äh… Kassandra*" (*Cassandra*, verbesserte ich), „*diese wundervolle Frau hat sie sehr verzaubert. Glauben sie nicht, daß ich das nicht verstehe.*"

Ich stimmte zu, obwohl mir der Zusammenhang nicht ganz klar war.

„*Sehen sie, mein Lieber, das ist es. Die Liebe ist schon ein bißchen Erkenntnis. Aber viel schlimmer, wenn die Erkenntnis Liebe ist. Alles verloren, mein Lieber. Und es ist gar nicht so leicht, dem allen ein würdiges Ende zu bereiten, glauben sie mir. Sehen sie nur*" (er streckte mir seine Hämatome unter die Nase), „*ich habe es ein bißchen probiert und das ein oder andere versucht. Es ist wirklich nicht leicht, das geeignete Mittel zu finden.*"

„*Wie wäre es mit einer mehr bürgerlichen Methode*", schlug ich vor. „*Eine kleine Mauser zum Beispiel oder ein finaler Sprung in die Tiefe.*"

„*Wo denken Sie hin. Ich bin doch kein Unmensch. Ich bin Arzt!*" Er stockte, zupfte an seinem verknitterten Kittel und sezernierte plötzlich ein paar dicke Tränen.

Mir wurde schlecht. Ich nahm einen Schluck Pernod und suchte nach Diazepam o.ä..

„Das ist es nicht", schlurzte der lebensdishärente Doktor sich selbst inquirierend. *„Es ist die Angst vor dem Schmerz. Ein Schuß, ein Sturz. Die Angst vor dem somatischen Schmerz läßt einen mit seinem dolor cordis und all der Verzweiflung weitervegetieren."*

Ich räusperte.

„Sie haben recht. Das ist nicht das ganze Fiasko. Das ist nur der Anstoß zum Grübeln. Und dann geht alles rasch progredient. Dann kommt der Versuch eines Fazits, die Katstrophenbilanz. Sie kennen das ja."

Er inspirierte tief. *„Dreißig oder vierzig Jahre passiert überhaupt nichts, sie lassen sich denunzieren, im Studium, im Beruf. Kompensieren mit Alkohol und langen Spaziergängen. Sie haben eine Cancerophobie, pflegen ihre Ausschläge und ihren Fußpilz. Sie träumen von ehrlichen Männern und Sonderangeboten im Supermarkt. Sie fahren auf Kongresse, um ihren Magen und ihren Fremdwortschatz aufzufüllen, schreiben Veröffentlichungen und Bücher, die sie später selbst vehement kritisieren. Ihr ganzes Leben wird zur Gegendarstellung. Alles ganz normal."*

Ich spielte mit einer Ampulle Neurocil. Der Pernod ging zur Neige.

Effroi sprang auf. Rannte auf und ab. *„Aber irgendwann kommt sie. Die finale Erkenntnis. Die letzte. Verstehen sie, danach kommt nichts mehr."*

„In meiner Jugendzeit war ich der Neurochirurgie sehr zugetan. Aber damals, als man noch mit den Händen operierte, hatte ich mit meinem Tremor keine Chance. Man redete mir ein, ich solle in die Psychiatrie, das würde zu mir passen. Ich gehorchte. Seitdem gehört mein Leben der Insania und den wahrlich oft primitiven kleinen Neurosen. Kein Honorar kann die schlaflosen Nächte aufwiegen, in denen man sich in fremden Problemen verrennt, wie in einem Labyrinth aus Banalitäten. Vier Männer haben mich verlassen, weil sie es nicht mehr ertragen konnten. Dann kommt der Punkt, an dem man nicht mehr kann, weil man einsieht, daß man niemals konnte und niemals können wird. Alles wird unstabil, alles ist in suspenso."

Er riß sich den Kittel vom Leib. „Steigen sie aus, so lange sie noch können!" Er schrie. Streckte die Arme zum Himmel, bekam einen grausigen Weinkrampf, steigerte sich in einen Nervenzusammenbruch und verlor schließlich das Bewußtsein.

Ich bohrte eine Nadel in eine dicke Vene seines rechten Unterarmes, spritzte Haldol und ließ eine unbeschriftete Infusionsflasche vom Schreibtisch einlaufen. Rollte ihn schließlich in eine halbwegs stabile Seitenlage, trug dem Sprechstundenhelfer die Kontrolle der Vitalparameter auf, rief den Notarzt und ging.

~

Wir nahmen Kurs auf Chalon. Daphne lenkte. Grübelnd. Sehr ernstes Gesicht.

Ich lutschte ein Vivalan. Ab 9:00h wurde es unerträglich heiß im Wagen. Ich kramte in Daphnes Reisetasche und fand einen kleinen Handspiegel. Ohne nachzudenken starrte ich hinein.

Marc schreibt (drittes Buch):

Auch die Feigen pflegen, wenn sie überreif sind, Risse zu bekommen. Und bei den überreifen Oliven gibt eben ihr Zustand, der nahe an Fäulnis grenzt, der Frucht eine eigentümliche Schönheit. Auch die sich neigenden Ähren und die runzlige Stirnhaut des Löwen und der aus dem Rachen des Ebers fließende Schaum und viele andere Dinge, die, für sich allein betrachtet, weit davon entfernt sind, schön zu sein, tragen doch, weil sie im Gefolge von Naturvorgängen auftreten, zum Schmuck der Geschöpfe bei und haben etwas Reizvolles.

Etwa zwei Wochen lag Effroi auf der Neurochirurgie. Er quälte die Ärzte bis aufs Blut. Mit großer Liebe zum Detail simulierte er eine Raumforderung im Frontalhirn. Er beherrschte seine Symptome vorzüglich.

Bei meinem Besuch flüsterte er mir zu: „*Das macht wenigstens noch ein bißchen Freude zum Schluß. Diese ratlosen Gesichter bei Visite. Sie können es nicht ertragen, daß sie weder im CT noch im Kernspin etwas finden. Sie würden doch so gerne ein bißchen was operieren. Das macht sie krank. Das stellt ihre kleine dumme Denkwelt infrage. Ist das nicht herrlich, mein Lieber? Welcome to insania!*"

Als ein Pfleger das Zimmer betrat, verdrehte Effroi wie auf Befehl die Augen und fing an, zu jammern. „*Vater, gib mir meine ganzen Spielsachen wieder!*" grunzte er und zupfte an meiner Nase. Dann pinkelte er das Bett voll. Der Pfleger fluchte. Ich ging.

Nach unserer Flucht aus der letalen Andorra-Variante (Lapsus andorrae, der kleine - der große stand mir noch bevor), bekam Cassandra üble Magenkrämpfe, eine Tachykardie und ein wenig Dyspnoe. Ich war besorgt, wollte bei ihr bleiben, sie mit Paspertin füttern oder ihr warme Umschläge machen, Tee kochen, ihr den Nacken massieren und sie vor irgendwelchen Notärzten retten.

Sie beruhigte mich mit der Erklärung, daß sie das Andorra- und das Magen-Desaster habe kommen sehen. Sie spüre auch, daß sie die Nacht überleben würde (sie seufzte).

Ich machte ihr eine flüchtige Liebeserklärung, worauf sie mich wortlos aus ihrer Wohnung warf.

In einem überfüllten Café trank ich ein oder zwei Martini, dann suchte ich die nächste Notdienstapotheke und rezitierte dem Diensthabenden aus Epikurs Philosophie der Freude.

~

Kurz vor Chalon setzte eine dunkelgraue Ente zum Überholen an. War gerade dabei, meine Sehhilfe zu reinigen, konnte den Fahrer daher nicht richtig begutachten. Merkte aber, wie er zu uns reinglotzte und unverschämt neben uns herfahrend mit Daphne flirtete.

Die war plötzlich verstummt, grinste dämlich zurück. Setzte schnell die Brille wieder auf, und sah Grauenhaftes: Ein blondgelockter Jüngling saß mit breiten Schultern hinters Lenkrad geklemmt und verknitterte sich sein unzweckmäßig schwarzes Jackett. Ich hoffte auf Gegenverkehr. Betete um einen dicken LKW (180 Tonnen mit Anhänger) mit einem fetten Salami kauenden Franzosen am

Steuer, der die Ente einfach platt walzt und dann kräftig rülpst.

Es kam kein LKW, niemand rülpste. Versuchte, von einem Vollbad in Federico (rosso) zu träumen, bekam aber einen schlimmen Drehschwindel nach links, dumpfe Schmerzen im rechten Oberbauch und ein sehr diffuses Angstgefühl.

Parkplatz. Daphne saß im Gras und murmelte irgend etwas Unschönes. Ich pinkelte irgendwo ins Gelände. Sie verstummte abrupt, ein kleiner grauer Vogel schoß im Sturzflug ca. drei Millimeter an meinem linken Ohr vorbei.

„Das Leben ist kein Fluß, es ist ein Strudel", gab ich zu bedenken. Doch Daphne schwieg und achtete peinlich darauf, daß sich unsere Sehachsen nicht zu nahekamen.

Die Schmerzen wurden stechender, zogen langsam in den Rücken.

„Flüsse sind überhaupt das Letzte", fuhr ich fort. *„In Ägypten zum Beispiel solltest Du nicht mal mit dem Gedanken spielen, den Nil zu berühren. Voller Wasserschnecken."*

Daphne hatte die Augen geschlossen, träumte. Ich suchte im Wagen nach der Reiseapotheke.

„Aquatisch lebende Lungenschnecken, Bulinus als Exempel, übertragen Shistosoma haematobium oder mansoni oder... Jedenfalls

gelangen sie durch die Haut über Kapillaren und Venen schließlich in die Leber."

Die Schmerzen wurden unerträglich. Daphne träumte. Ich versuchte, den Kofferraum zu öffnen, irgend etwas klemmte. Die Reiseapotheke mußte da drin sein.

„Bring' mir zwei Stangyl-Tabletten mit, wenn Du das Ding jemals aufkriegst", rief Daphne plötzlich und sehr imperativ.

„Der Kerl hätte Dich nur ausgenutzt. Sexuell und überhaupt. Manchmal hat man die Wahl zwischen zwei gleich großen Katastrophen."

Daphne zuckte mit den Achseln. *„Ein Abenteuer. Du hättest mich in Chalon schon wieder aufgestöbert."*

Ich gestand, daß ich nie allein bis Chalon gekommen wäre. Im Handschuhfach fand ich einen Schraubenzieher. Es wurde ziemlich schnell ziemlich kühl und die Sonne kroch in irgendeinen Horizont.

Mit dem Schraubenzieher war dem Kofferraum nicht beizukommen. *„Laß uns weiterfahren"*, bat ich. *„Nein"*, war die Antwort.

Der Schmerz ließ wieder etwas nach, wurde erträglich. Schließlich rettete uns ein Dreiviertelmond vor der völligen Dunkelheit. Daphne hatte Decken aus dem Wagen geholt. Wir verschlangen uns etwas ineinander und tauschten unsere Restwärme aus.

„In der Leber entwickeln sich die Schistosomen zu adulten Würmern", erklärte ich Daphne, die inzwischen in eine sehr erotische Stimmung verfallen war. *„Kurz vor Erreichen der Geschlechtsreife vereinigen sich Weibchen und Männchen zu Paaren, welche in die Mesenterialgefäße bzw. die Venengeflechte der Blase und des Enddarmes auswandern."*

Ich bat Daphne um das Diazepam aus der Reisetasche. Schluckte vier, sie nahm den Rest. An mehr erinnere ich mich nicht mehr.

Voller Elan stürzte sich Effroi in seine mortale Finalkatastrophe. Er hatte wundervolle Einfälle. Ich brachte ihm heimlich Wodka. Und bald zeigte er sogar einige bescheidene schauspielerische Qualitäten.

Den Neurologen führte er raffinierte Greifreflexe vor, zuckte mit den Mundwinkeln und schmatzte zwischendurch wie ein professioneller Apalliker. An anderen Tagen gab er sich ganz einer ausgeprägten Katalepsie hin, lag Stunden regungslos in seinem Bett.

Mich als alten Freund bat er, seine erschreckende Persönlichkeitsänderung zu bestätigen.

Einmal gelang es ihm unter größter konzentrativer Anstrengung, langsame Wellen in seine frontalen EEG-Ableitungen zu zaubern.

Für die Somatiker reichte das. Man ließ die CT-Anlage überprüfen und richtete im Geiste schon die Bohrer auf Effrois Kalotte.

Schließlich kam an einem trüben Montag ein sehr junger Kollege vom psychiatrischen Konsiliardienst. Das war zu viel. Hier schlug sein Fatum hämisch grinsend zu. Cassandra hätte es geahnt. Wir nicht.

Kurz, er hat's versaut. Aus Effrois genialem, sehr würdigen Requiem wurde ein äußerst mittelmäßiges Schmierendesaster.

Nach einem zehnminütigen Gespräch schrieb der unbescholtene Konsiliarpsychiater auf seinen kleinen (DIN A5) Diagnosezettel:

Starke psychische Veränderungen auf Basis einer rein somatischen Ursache. Dringender V.a. intrakranielle Raumforderung (frontal oder sonstwo). Weitere neurochirurgische Abklärung empfohlen.

Alles wie geplant. Doch Effroi sah ihm heimlich über die Schulter, las und entrüstete sich (nicht geplant) fürchterlich:

„*Dilettant*", schrie er und vergaß all seine neurologischen und psychischen Symptome. „*Entzieht ihm die Approbation. Er erkennt nicht mal einen*

Simulanten. Dieser Stümper. Holt mir seinen Chef. Hängt ihn" etc… Tobend sprang er aus dem Bett, griff nach einer Magensonde und suchte, seinen jungen Kollegen damit zu erdrosseln.

Die Neurochirurgen atmeten auf, schworen, ihren bildgebenden Verfahren nie wieder zu mißtrauen und verlegten den armen Doktor stark sediert auf die geschlossene Abteilung der Psychiatrie.

~

In Chalon bestand Daphne auf Schnecken. Ich bat sie, so etwas nicht vor meinen Augen zu tun. Doch sie beschloß, keinerlei Rücksicht auf meine Ekelgefühle zu nehmen. Ich ließ mir einen salade verte kommen und viel Rotwein. Schloß die Augen, hörte Daphne diese armen Geschöpfe in ihrem jämmerlichen Aggregatzustand schlürfen und war bereit jeglichen Glauben anzunehmen, wenn sich dadurch auf dieser Welt irgend etwas ändern würde.

„Wir könnten über Bourg-en-Bresse fahren", sagte Daphne plötzlich und leckte sich Kräuterbutter von den Fingern. *„Es gibt dort… oder dort in der Nähe diese wunderschöne Kirche. Spätgotisch, glaube ich…"*

„Was willst Du damit sagen?"

„Vielleicht fehlt Dir nur ein bißchen Glauben. An irgendwas. An..., egal. Laß uns einfach mal hinfahren."

Ich schluckte. Fest entschlossen, unter gar keinen Umständen mit Daphne in dieser gefährlich labilen Stimmung eine spätgotische Kirche zu betreten, untersuchte ich die riesigen Salatblätter auf eventuellen Schneckenbefall.

Zum Glück schaffte es der alte Japaner gerade noch bis vor die Tore von Bourg-en-Bresse, dann gab er akut sehr seltsame Laute von sich und blieb schließlich einfach stehen.

Daphne organisierte einen Abschleppdienst und fuhr mit in die Werkstatt. Ich kaufte indessen 75 Blatt DIN A5-Papier (holzfrei, ca. 80g), suchte mir ein kleines Bistro und schrieb:

Das Nachdenken über die Desintegration von Gefühlskomplexen stellt einen irgendwann vor die Frage, ob Emotionen, so sie ja durch die Bewegung elektrischer Ladungen existieren, nach ihrer Auflösung eventuell komplexe Spannungsfelder hinterlassen.

Als ich zum ersten Mal die psychiatrische Landesklinik betrat, wurde mir klar, wie eng mein eigenes Fatum doch mit dem des armen Effroi verknüpft war. Ich rannte durch eine automatische Glasschiebetür, von der man nicht wußte, ob sie sich für jeden, und wenn ja, ob auch für jeden gleich schnell öffnen würde. Außerdem hing es wohl davon ab, ob man rein oder raus wollte. Des weiteren verlor ich mich in einem Labyrinth aus Gängen mit saftig grün getünchten Wänden. Hier und da hing ein kleines Meisterwerk aus der Maltherapiegruppe. Die Luft roch ein wenig desinfiziert und ein diffuses Licht kam irgendwo her und verschwand irgendwo hin, ohne daß es viel Sehenswertes beleuchtet hätte. Mir schien alles déja-vu, wußte aber nicht weshalb.

Brachte dem zuständigen Stationsarzt zwei Flaschen sehr alten Whisky und bat ihn, Effroi unbedingt regelmäßig seine Post auszuhändigen zu lassen und ihn so zurückhaltend wie möglich zu sedieren.

Effrois neues Domizil war ein Zweibettzimmer mit einem großen vergitterten Fenster zur Ostseite. Sein immanenter Denkerblick war einem desultorischen Grinsen gewichen. Man hatte ihn rasiert. Sein sekundäres Leben hatte begonnen.

Apathisch saß er in seinem Bett, starrte unbewegt grinsend auf seinen Zimmer- und Leidensgenossen, der wiederum Effrois Bettdecke fixierte.

Behutsam schob ich mich in Effrois Gesichtsfeld. Als hätte er nur darauf gewartet, eingeschaltet zu werden, packte er mich plötzlich und drückte mich kraftlos an sich. „*Ah, mein Lieber, wie schön, daß sie hergefunden haben. Lassen sie uns gleich ein bißchen weitermachen. Wie war das Finale mit, na... dieser Kassandra?"*

Er rückte. Ich setzte mich zu ihm ins Bett. Und wir öffneten die Flasche Pernod, die ich mitgebracht hatte.

LAPSUS ABSOLUTUS

Diesmal hatte ich die Vorzeichen nicht überse-hen. Es gab genug Katastrophenwarnungen. Nur, was sollte ich mit ihnen anfangen?

Cassandra weinte jetzt öfters, aber ausschließlich am Telefon. Eines Abends bat sie mich, sie sofort zu besuchen. Ich kam mit Federico, Martini, Ziga-retten und Buscopan. Sie umarmte mich sehr ver-zweifelt, sagte, sie müsse mit mir reden, das Ende sei jetzt sehr nah. Ich bekam einen Gallenblasen-spasmus, schluckte vier Buscopan und trank viel Martini. Cassandra illuminierte mit sechs Kerzen und schwieg.

Eine Woche war sie unerreichbar. Dann schickte sie mir eine Opuntie ohne Nachricht.

Mein nächster Besuch war der finale. Ich fühlte mich sehr elend. Die Galle voller Steine, das Hirn voller Vorzeichen. Cassandra hatte irgendein Re-quiem aufgelegt, plätscherte in der Badewanne, während ich in der Küche mit dem Korken einer Federicoflasche kämpfte.

„Hast Du manchmal auch so seltsam dionysische Gedanken", rief sie aus dem Bad.

„Ja", rief ich zurück.

Der Korken saß fest.

„Hier ist schon ein bißchen Glück", fuhr sie sehr ruhig fort. „Aber mein Auge, das die Himmel alle kennt, ist nicht zu täuschen. Ich werde alles Sinnlose beenden. Ich denke, ich werde diese Welt verlassen und nach Paris gehen."

Die Flasche war hoffnungslos okkludiert. Ich bekam nicht mal mehr den Korkenzieher heraus.

„Und wieso soll Troja fallen, wenn Paris lebt?", fragte ich und brachte die Flasche ins Bad. Cassandra öffnete sie mit einem Ruck und zog mich in die Wanne. Ich schluckte Unmengen Fichtennadelwasser, bekam schlimme Magenkrämpfe und sehr wenig Luft.

Der Übergang vom primären ins sekundäre Leben ist ein sehr diffuser, aber sehr intensiver und quälend lange dauernder Gemüts- und Körperzustand (obwohl ich nicht sicher bin, ob es zu jenem Zeitpunkt eine körperliche Struktur um mein inneres apokalyptisches Chaos gab). Vielleicht handelt es sich bei derlei Prozessen um eine exzessive Wiederholung des Geburtstraumas. Ich erinnere mich jedenfalls an zwei Phasen:

Eine erste, in der sich alles in mir anspannte, kontrahierte, anschwoll, sich vollsaugte. Sämtliche Kapazitätsgrenzen für überhaupt alles wurden überschritten. Alles pulsierte wie wahnsinnig. Alles war profus, im finalen Crescendo... bis schließlich alles rupturierte, zerplatzte und nur noch Quarks und kleinste Quanten meines Psychoids im Zustand größter Entropie wild durcheinanderflogen

Dann plötzlich fügte sich alles wie auf ein geheimes Kommando hin wieder zusammen, und es folgte in der zweiten Phase, eine Art Detumeszenz. Ohne jede Orientierung hörte ich Cassandras Stimme von irgendwoher. Sehr leise und sehr zart summte sie eine mir unbekannte Melodie. Dazu plätscherte es.

Zwei Wochen später machte ich eine Vermißtenmeldung. Im scientific las man, daß australische Physiker etwa zur gleichen Zeit erstmals Signale von einem sich sehr schnell von unserer Galaxie entfernenden Quasaren empfingen. Ich habe Cassandra nie wiedergesehen.

Effroi schwieg betreten, hielt meine Hand fest umklammert und starrte aus dem Ostfenster. Sein Zimmergenosse hatte sich unter der Decke verkrochen und jammerte.

Auf der Fensterbank ließen sich zwei Tauben nieder, rieben sich an den Gitterstäben, vollzogen

einen schnellen, sehr akrobatischen Ge-
schlechtsakt und flogen wieder davon.

~

Daphne steckte ihre rechte Hand ins Weihwasser.
Ich befürchtete einen Anfall theistischer Hysterie.
Es gibt keine Purifikation...

„Nein", flüsterte Daphne, sie habe nur klebrige
Finger gehabt.

Eiskalte Kirchenmauern erweckten den Anschein
einer gewissen trügerischen Reinheit. Göttliche
Sterilität. Und doch klebte an ihnen der Dreck von
Jahrhunderten sehr zweifelhafter Geschichte. Es
war schaurig. Ich sehnte mich nach intrauteriner
symbiotischer Intimität, nach Cassandra, nach einer Flasche Pernod und einem analytischen Gespräch.

„Man hat mir eine Stelle im Institut für experimen-
telle Sexualität angeboten", erzählte ich
Daphne. *„Das ist ja wunderbar"*, rief sie und
drohte mir mit tausend sehr nassen Küssen. Mühsam wand ich mich aus ihren Armen.

„Ich denke, das ist nicht der richtige Anfang für
das vorsichtige Leben. Du weißt, man sollte auf
Zehenspitzen... Man sollte auf jeden Fall alles se-
hen und alles hören. Man übersieht so leicht et-
was. Nimmt irgend etwas nicht wahr. Oder man
begeht die Sünde der falschen Einschätzung. Es

sind die so leicht zu übersehenden Kleinigkeiten, die Quisquilien, auf die man achten muß..."

Daphne las lateinische Inschriften.

Ein paar Schritte nördlich entdeckte ich einen herrlichen kleinen Friedhof. Vier Reihen zu je sieben Gräbern. Sehr dezente Steine. Kein Geschnörkel. Sehr natürlich alles. Mit viel wildem Grün und fünf wunderschönen Trauerweiden. Setzte mich zu einem alten Franzosen auf eine gebrechliche Holzbank zur Seite der zweiten Gräberreihe.

„Man muß öfters zwischen den vielen Sinnlosigkeiten wählen", erklärte ich ihm. Er lächelte sehr freundlich und verständnisvoll.

„Das Leben ist eine dumme Assoziationskette. Billionen kleiner Fehler und täglich eine mittelgroße Katastrophe. Sie kennen das sicher."

Der überaus sympathische Mensch lächelte kaum merklich und holte eine kleine silberne Flasche unter der Jacke hervor. Wir nahmen einen Schluck.

„Vielleicht muß man jeden Tag neu lernen, zu denken. Mit der Liebe ist das ganz sicher so..."

Der arme Kerl verschluckte sich ein wenig. Vielleicht lag seine Frau irgendwo in der zweiten oder dritten Gräberreihe. Vielleicht fühlte er sich belauscht. Etwas leiser fuhr ich fort:

„Haben sie schon mal nach der wirklich initialen Ursache für das ein oder andere Desaster gesucht? Waren sie schon mal bei der Sektion eines Gehirns dabei? Glauben sie mir, das bringt sie auch nicht weiter.

Spielt es nach einer Auflösung für die Elementarteilchen eine Rolle, auf welche Weise und zu welcher Struktur sie einmal verbunden waren? Ich sage ihnen, es ist den Teilchen scheiß egal, wo sie mal waren und wo sie mal sein werden. Es sind nur die Reststrukturen - die, die sich noch nicht aufgelöst haben - die jammern, ob des tragischen Verlusts."

Ich zog Cassandras Diaphragma aus der Tasche. „Hier sehen sie! Manchmal bleibt einem wirklich nicht viel."

Er war sichtlich interessiert an meinem Relikt. Betrachtete es von allen Seiten und schleuderte es schließlich wie eine Frisbee-Scheibe bis hinter die vierte Reihe. Dann lachte er ein wenig. Scheinbar wußte er wesentlich mehr über das sekundäre Leben, als ich angenommen hatte.

Daphne rief mich von der Kirche aus.

Marc schreibt (zweites Buch):

Nicht leicht wird jemand deshalb als unglückselig erfunden, weil er sich nicht um das kümmert, was in der Seele des anderen vorgeht. Die Menschen aber, die nicht auf die Bewegungen der eigenen Seele achten, müssen unweigerlich unglücklich sein.

„*Sie hat sich aufgelöst...? In der Badewanne?*" murmelte Effroi sehr nachdenklich und suchte etwas zu zupfen - sein Bart fehlte ihm sehr. Wir schlurften durch die grünen Gänge. Er hing recht labil an meinem Arm, hatte üble Stand- und Gangataxien.

„*Dazu möchte ich nichts Näheres sagen. Einmal bekam ich eine Abhandlung über Paviane und Verehrer, ein anderes Mal einen kleinen Plastikeifelturm mit Innenbeleuchtung (20 Watt - sehr schummriges Licht). Beides in Paris abgeschickt, aber immer ohne Absender. Ich schreibe inzwischen postlagernd dorthin. Aber ohne Hoffnung. Ich habe ihnen das überhaupt nur erzählt, da sich unsere Schicksale irgendwie auf der gleichen Kreisbahn bewegen. Was ist eigentlich mit ihrem Bettnachbarn?*"

„*Auch ein Lapsus amoris. Aber nicht so chronisch. Er wird es schaffen*", antwortete Effroi hoffnungslos. Dann bekam er eine kleine respiratorische Insuffizienz. Er klammerte sich heftig an mich. Sein Gesicht verzerrte sich schaurig - dann ging es wieder. Wir setzten uns auf grüne Plastikstühle in einer integrierten Sitzgruppe an der Kreuzung zweier Gänge. Effroi glich sein Sauerstoffdefizit durch eine kurze Tachypnoe aus. Dann packte er wieder meinen Arm.

„Bitte kümmern sie sich ein wenig um die Praxis. Entsorgen sie ein bißchen und machen sie ein bißchen Ordnung."

Er seufzte gekonnt. „Sie werden ja doch nicht aus der Kreisbahn ausbrechen. Also suchen sie eine Vertretung für ein paar Jahre, machen sie ihren Facharzt... und ich werde ihnen hier ein Zimmer reservieren lassen."

Dann fiel er in eine tiefe Katalepsie. Zwei Pfleger trugen ihn zurück ins Zweibettzimmer.

Marc schreibt (zweites Buch):

Nichts ist elender als ein Mensch, der alle Dinge auf der Welt im Kreise durchläuft und, wie der Dichter sagt, "die Dinge unter der Erde erforscht" und den Vorgängen in den Seelen seiner Mitmenschen durch Schlüsse nachspürt, aber nicht begreift, daß es genügt, allein bei dem Dämon in unserem eigenen Innern zu verweilen.

~

Wir nahmen den Bus zurück nach Bourg, suchten ein billiges Hotel und lagen sehr früh im französischen Bett.

Daphne las ein kleines rotes Taschenbuch. Auf dem Einband stand in fetten goldfarbenen Großbuchstaben ANÄSTHESIE FÜR SINGLES.

Ich grübelte. Spürte die bad vibrations einer kleinen sich nahenden Katastrophe. Überlegte, was ich wie und wann am besten tun oder lieber nicht tun sollte.

Nebenbei beschäftigte mich eine kleine gastrointestinale Unstimmigkeit. Die Pylorusöffnungsfrequenz stimmte nicht ganz, das heißt er öffnete überhaupt nicht, da sich in aboraler Richtung sowieso alles aufstaute, was wiederum daran lag, daß wegen irgendwelcher technischen Pannen im intramuralen neuronalen Netzwerk meines Dünn- und Dickdarms die Motilität kurzzeitig aussetzte. Ich schickte ein paar Tropfen Paspertin in Richtung Cardia und vertraute ihrer Potenz mein weiteres Schicksal an.

Plötzlich klappte die rote Lektüre vor Daphnes Nase herunter, und mich blickten zwei fürchterlich gerötete Augen mit heftig sezernierenden Lacrimaldrüsen an.

„*Bis vor zwei Jahren...*", schlurzte Daphne, „*war ich...*", schlurzte sie weiter, und ich mußte sie erst mal mit viel Körperkontakt trösten, bevor ganze Sätze entstehen konnten.

„*...mit einer wundervollen Frau zusammen*", fuhr sie schließlich fort. „*Sie hat mir sehr viel bedeutet.*

Wir lebten fast vier Jahre in einer sehr niedlichen Zwei-Zimmer-Wohnung. Sie war Phytotherapeutin oder wollte es werden. Wir führten phantastische Gespräche. Unsere Wohnung war ein Dschungel, vollgestopft mit den unglaublichsten Gewächsen. Sie war sehr zärtlich zu Pflanzen. Und zu mir... Wenn ich sonntags frei hatte, verbrachten wir den ganzen Tag im Bett und probierten neue Drogen aus ... Sie arbeitete an einem Verhütungstee, denn sie hatte wahnsinnige Angst, ich könne sie mit einem vom unreifen Geschlecht betrügen. Aber ich war viel zu verliebt... vier Jahre lang... dann starb sie an Wucherungen."

Ich schwieg, konnte nur schweigen, und reichte Daphne Taschentücher an.

Am nächsten Mittag hatte der alte Japaner einen neuen Verteiler, und wir nahmen die Landstraße Richtung Lyon.

„Was ist, wenn man sich überhaupt in allem irrt?" fragte ich Daphne während wir mit ca. 30 km/h hinter einem kleinen LKW herfuhren. Es war ein rollender Käfig. Drinnen drängten sich Hunderte von Hühnern. Teils erregt flatternd, teils still resigniert sahen sie ihrem Tod durch Kochen oder Braten entgegen.

„Das ist normal", antwortete Daphne ruhig. *„Nichts ist charakteristischer für die Spezies*

Mensch, als sich ständig in allem zu irren. Ohne es zu merken und ohne aus seinen Irrtümern zu lernen. Das macht den Menschen so unnatürlich. Deshalb wird er aussterben."

Am Straßenrand (rechts) lag der Kadaver eines verunfallten Feldhasen. Ein Kfz muß ihn von hinten erwischt haben. Er hat die Gefahr sicher erkannt, konnte aber wohl nicht schnell genug fliehen. Was sollte er tun? Mehr als ein finales Hoppeln war nicht drin.

Jetzt hingen ihm die Därme aus dem zerplatzten Abdomen, und es hatte ein deprimierend langsamer Auflösungsprozeß eingesetzt.

Ich nahm zwei Vivalan und löste einige Aspirin in einer Thermoskanne mit kaltem, kohlensäurearmen Wasser auf.

(In der Werkstatt hatte man zum Glück auch den Kofferraum saniert. Die Reiseapotheke lag offen auf meinem Schoß mit all ihren Schätzen. Es war ein herrlicher, sehr beruhigender Anblick.)

Cassandra hatte eine weiche, besonders schöne Brust. Die andere wurde nach ihrer Amputation von einer brünetten Pathologin in sehr dünne Scheiben geschnitten und histologisch untersucht. Sie fand intraductale papilläre Wucherungen. Zellen, die sich irrten, die sich nicht an die

Strukturregeln hielten. Andererseits Zellen, die nur ihre Pflicht im Sinne der Natur taten. Man hatte ihnen eine Fehlinformation gegeben, nach der sie sich richteten. Woher sollten sie wissen, daß sie durch das schlichte Befolgen einer Wachstumsanweisung nicht zum Wohle der Gesamtstruktur, sondern gegen sie handelten?

Cassandra war einunddreißig. Sie muß eine sehr schlimme Zeit durchgemacht haben. Als ich sie zwei Jahre später kennenlernte, war sie jedoch mit vollem Recht sehr stolz auf ihren Körper. Sämtliche Ersatzteile lehnte sie ab. Sie kämpfte aufrichtig gegen den Normierungswahn unserer widernatürlichen Gesellschaft. Manchmal, im Schwimmbad oder sonstiger sommerlicher Öffentlichkeit, wenn die Blicke widerlich penetrant wurden, zeigte Cassandra eine unvorstellbare Stärke. Mit starrem Blick öffnete sie ihr Bikini-Oberteil. Das Volk (zumindest ein Teil davon, die anderen sind unbelehrbar) wurde nachdenklich. Irgendwann wird man eine Mode daraus machen, und die Schönheitschirurgen werden sich vor Ablatios nicht mehr retten können, sagte Cassandra. Aber keiner wußte, wie schwer ihr dieser Zynismus fiel.

Daphne legte eine Vollbremsung hin und schaltete den Warnblinker ein.

„*Mit der Morphologie kann man sich vielleicht arrangieren*", erklärte ich. „*Das wirklich grausame ist die Angst. Die ist immer da, schleicht sich nie mehr aus. Die kann sicher keiner nachfühlen. Die kann einem auch niemand nehmen."*

Cassandra akzeptierte die Angst, leugnete nie ihre diffusen Gefühle und lebte voller Leidenschaft.

Vor unserem Wagen rannte ein Huhn wie verrückt hin und her. Der Laster war weitergefahren, hatte nichts von dem Verlust bemerkt. Daphne und ich versuchten, das gefallene Tier zu beruhigen und irgendwie zu fassen zu kriegen.

Im Teak-Schreibtisch fand ich fünfzehn zerfledderte Manuskripte (Schublade rechts unten). Ich hatte mich mit Effrois Sprechstundenhelfer in der Praxis verabredet und ihn gebeten, mir bei den Aufräumungsarbeiten zu assistieren. Heulend und jammernd sammelte er leere Flaschen ein und reinigte überfüllte Aschenbecher. Er liebte Effroi sehr. Einmal hatte er ihn im Zweibettzimmer besuchen wollen, aber Effroi mochte ihn nicht mehr erkennen und bewarf ihn mit Weinbrandpralinen.

Wir putzten ein bißchen den Schimmel aus den Ecken. Fanden ein sichtlich gebrauchtes Suspensorium (unter dem Aktenschrank), einige unvollendete Liebesbriefe an ausgewählte Patienten, einen Kunstband männlicher Akte und in einer vermoderten Holzkiste ein recht umfangreiches Trepanationsbesteck.

Eine Schublade im Schreibtisch ließ sich nur mit einer Eisenstange und brachialer Gewalt öffnen. Ihr Inhalt bestand aus Hunderten von Zigarrenstummeln; darüber war wohl eine Flasche Pernod ausgelaufen.

Wir beschlossen, einen Kammerjäger zu bestellen und uns für die Aufräumungsarbeiten im Keller Schutzanzüge zu besorgen.

Am Abend nahm ich mir die Manuskripte vor. Erstellte zunächst eine Liste mit Titel, Subtitel und Seitenzahl. Keines schien vollendet, manche bestanden nur aus wenigen DIN A4-Blättern und einer Büroklammer. Effrois Handschrift glich der eines Parkinsonkranken. Außerdem benutzte er sehr dicke, schwarze Tinte, was dazu führte, daß aus manchen kleinen Wörtern große schwarze Flecke wurden:

[I] Tagebuch eines Neurochirurgen, 2 Seiten

[II] Der Kranioklast (Erlebnisse einer Frühgeburt in Südfrankreich), 5 Seiten

[III] Trauer, Argwohn und Depression (Erste Schritte im Psychiatrie-Desaster), 23 Seiten

[IV] Die Beziehung zwischen gegengeschlechtlichen Partnern I (Beobachtungen an Patienten), 80 Seiten

[V] Die Beziehung zwischen gegengeschlechtlichen Partnern II (Struktur einer Krankheit), 261 Seiten

[VI] Die Beziehung zwischen gegengeschlechtlichen Partnern III (palliative Möglichkeiten), 4 Seiten

[VII] Das Ende einer Beziehung (Die Ästhetik des Leidens und neue Formen des Alkoholismus), 72 Seiten

[VIII] Das Ende aller Beziehungen (Einsiedlertum, Sodomie oder wie flirte ich mit einer Frequenzweiche), 4 Seiten

[IX] Das Ende überhaupt (Die Geburt eines neurotischen Kindes), 21 Seiten

[X] Libido und Orgasmusfähigkeit einer freiwilligen Versuchsperson nach langjährigem Psychopharmakamißbrauch (Studie für die Firma Gyropharm), 8 Seiten

[XI] Der Hund - eine Alternative oder das Ende der Evolution?, 1 Seite

[XII] Alkohol und Blut eines Neurotikers (chemische Analyse im Vergleich), 42 Seiten, 18 Tabellen

[XIII] Wege ins Unglück (Versuch einer Hoffnung), 4 Seiten

[XIV] Erste Hilfe - Letzte Hilfe (Versuch einer autobiographischen Gegendarstellung), 41 Seiten ...

Hier stockte ich, blätterte, fand aber nur acht leere Seiten mit Pernodflecken und Büroklammer. Lediglich der Titel des letzten Manuskripts stand fest, und da stand:

Cassandra (mein schönster Casus)

~

„Ich werde mich sterilisieren lassen", teilte ich Daphne dummerweise mit. Hielt das zitternde Geflügel fest umklammert auf meinem Schoß.

„Wozu der Aufwand?", fragte Daphne mit vielen mortifizierenden Obertönen. *„Das Just-good-friends-Syndrom ist ein ewiges Exil, Liebster. Da braucht man sich keine Gedanken über seine Samenleiter zu machen. Außerdem halte ich eine Kastration in jedem Falle für heilsamer."*

Ich hielt dem armen Huhn ein halbes Vivalan vor den Schnabel. Hektisch pickte es das sedierende Körnchen und würgte es hinunter.

Daphne kicherte. Ein wenig gezwungen. Aber deutlich. Ich durchsuchte meinen Verbalwaffenthesaurus, fand nichts Passendes und beschloß, mit einem zornigen Blick zu schweigen.

Daphne kaufte immer sehr hübsche Kondome. Am liebsten mochte ich die blauen, hoffnungsvollen. Sehr zart, aber getestet. Die spermizide Beschichtung sorgte für toxischen Glanz. Insgesamt sehr kleidsam. Aber mehr eine Sache des persönlichen Geschmacks.

Überhaupt gab es kaum etwas, in dem Daphne nicht einen besonderen Geschmack bewies. Alles Materielle und Immaterielle war, wenn es ihr gefallen sollte, ein wenig außergewöhnlich. In allem wirkte eine klare, unkomplizierte Ästhetik. Selbst die Dispersität ihrer Liebeserklärungen und Heiratsanträge hatte im Verbund mit den grotesken Verbalanschlägen und infamen Simplifizierungen komplexer, profunder, weil universaler Vorgänge eine gewisse künstlerische Qualität.

Allerdings setzte sie dem Glauben an meine psychische Depravation noch kleine Widerstände entgegen, illuminierte schwarze Löcher mit Solarstrahlen und überzog alles mit einem gefährlichen Glanz.

Gerade ob dieses illusionierenden Positivismus, schien mir eine Sterilisation äußerst angebracht. Man brauchte ja deshalb auf die blauen Kondome nicht zu verzichten.

Wir näherten uns wieder dem Federviehtransporter. Unser desperates Huhn war jetzt sehr ruhig geworden. Brachte es sicherheitshalber in der Reisetasche unter. Daphne überholte zügig.

Ich schloß kurz die Augen, spürte eine leichte Erhöhung meiner gastralen HCL-Produktion mit konsekutivem pH-Abfall. Mit ein paar autogenen Entspannungsübungen versuchte ich, die Drüsen unter Kontrolle zu halten.

Als ich wieder zu Daphne rüber schaute, trug diese ein schwarzes, sehr seidiges Kleid. Elegant, aber nicht aufdringlich. Von einfacher Schönheit, mit einem dezenten Ausschnitt vorne und einem etwas tiefer reichenden dorsal. Ein kleines Filzhütchen lag auf ihrem dunkelblonden Haar, das ein wenig im Fahrtwind schwebte. Ventral am Hütchen begann ein feingewebter Georgette-Schleier und endete kurz über ihren dünnen Augenbrauen. Darunter die klaren, braunen Augen, ach…

Sie sah wundervoll aus. Mir schien, sie lächle kaum merklich, aber ich konnte mich irren. Dann kroch ihr eine mittelgroße Träne aus dem linken Auge, folgte der Schwerkraft, umschiffte den Mundwinkel der gleichen Seite und tropfte schließlich in die Tiefe.

„*Was soll diese Aufmachung?*", fragte ich.

„*Ich fahre zu Deiner Beerdigung, mein Schatz*", erwiderte sie, etwas monoton ohne mich anzusehen. „*Um ein bißchen Konvention kommst Du nicht herum. Deine Mutter hat sich angekündigt. Effroi wird einen kurzen Nekrolog halten. Aber keine Angst, es wird nicht lange dauern. Dann ist alles vorbei. Und Du darfst Dich in aller Ruhe auflösen.*"

Es hupte. Ich öffnete die Augen. Daphne schimpfte einem gelben Renault hinterher, der uns wohl etwas scharf überholt hatte. Ich schwitzte, war tachykard, alles pulsierte, mein linkes Augenlid zuckte arrhythmisch und hochfrequent. Ich bat Daphne anzuhalten und vomitierte.

Als die ersten Häuser des nächsten Dorfes auftauchten, setzte ich unser gerettetes Huhn in den Acker neben einer kleinen Holzscheune. Etwas benommen torkelte es davon. *„Viel Glück und stay alive"*, rief ich ihm nach. Daphne grinste.

Ein paar Häuser weiter, kurz vor der Ortsausfahrt lud ein handbemaltes Holzschild in ein idyllisches Gartenrestaurant ein. Spezialität: *poulet rôti*.

Schrieb an Effroi eine kurze Nachricht:

Habe ihre Praxis desinfiziert. Studiere ihre Fragment-Manuskripte. Bitte sterben sie nicht vor meinem nächsten Besuch. Muß unbedingt mit ihnen reden.

Effrois Manuskript Nummer I zeigte ein noch sehr unverbrauchtes, ordentliches Schriftbild, eine klare Struktur und genügte durchaus einem gewissen wissenschaftlichen Anspruch. Man las:

Schädeleröffnungen wurden bereits vor 10000 Jahren durchgeführt. Ging man früher davon aus, daß die frühgeschichtlichen Trepanationen zum Teil kultischen Motiven entsprangen, halte ich es heute für wahrscheinlicher, daß es sich schon damals um die operative Behandlung bestimmter intrakranieller Leiden handelte.

Der Ägyptologe E. Smith entdeckte bereits 1862 in Luxor Papyrus mit der Beschreibung von 48 Fällen verschiedener Schädel-Hirn- und Rückenmarksverletzungen, wobei die Beschreibung nach dem 48. Casus abbricht. Man vermutet in dem etwa 3500 Jahre alten Papyrus die Abschrift eines noch älteren Textes, der auf die Jahre 2500 bis 3000 v. Chr. datiert wird.

Von Hippokrates kennen wir eine Schrift über Schädelfrakturen und deren Therapie aus dem 4. Jh. v. Chr.

Es folgen einige weitere geschichtliche Daten in losen Stichworten bis zur Erwähnung des ersten Neurochirurgen im engeren Sinne, dem am 8. April 1869 in Cleveland geborenen Harvey Cushing, der Wesentliches zur neurochirurgischen Operations-technik und zur Klassifikation der Hirntumoren beigetragen hatte.

Hier bricht Effroi auf der Mitte der zweiten Seite ab, und es folgt der erste und einzige Diarien-Eintrag:

(Datum unleserlich)

Habe heute den letzten Hühnerbeckenknochen in die Halbkugel eingefügt. Die Kanten sind sauber abgeschliffen und mit Spachtelmasse verklebt. Ich bin zufrieden. Als Modell einer Schädelkalotte sollte es für meine Zwecke genügen. Habe den alten Handbohrer vom Speicher geholt und aufpoliert. Es wird Vollmond geben, habe dennoch einige Paraffinkerzen bereitgestellt.

Werde mit einem Zwei-Millimeter-Bohrer beginnen, wobei ich das Bohrloch frontolateral in etwa 45 zur oberen sagittalen Klebenaht setzen werde, ca. 1cm in nasaler Richtung von einer Klebestelle entfernt, die etwa der Sutura coronalis entsprechen würde.

Während meiner Aushilfstätigkeit in der Sterilisation der hiesigen städtischen Krankenanstalten gelangte eine Lühn-Stille-Knochenzange in meinen Besitz, mit deren Hilfe ich eine Bohrlocherweiterung vornehmen werde (in der stillen Hoffnung, daß die Klebestellen halten) ...

Hier endete die zweite Seite. Es blieb fraglich, ob weitere Einträge je existiert haben.

In Brief Nr.103 schrieb ich Cassandra, sie solle sich keine Sorgen um meine Beerdigung machen. Es sei alles bestens organisiert. Mein Pyramidenstein sei abbezahlt und die Grabstelle auf drei Jahre angemietet, länger würde ich für meine Auflösung nicht brauchen.

Einzig den Autopsiebericht würde ich postlagernd nach Paris schicken lassen. Sollten sich bei genaueren Analysen meiner Gewebe irgendwelche körperfremden Strukturen oder gar ganze Zellen mit Cassandras Gencode finden, so würden diese selbstverständlich automatisch wieder in ihren Besitz übergehen.

~

Daphne hüstelte. Ich vermutete einen leichten grippalen Infekt. Aber sie wollte nicht darüber sprechen.

Wir beschlossen, Lyon weiträumig zu umfahren. Nichts war in unserer momentanen psychischen Labilität und Dysergie toxischer als eine Großstadt. Schon die stete Verkehrsverdichtung noch weit vor den Stadtgrenzen versetzte mich in einen latenten Spannungszustand, so daß ich prophylaktisch einige Vivalan aß.

Nach einer unmöglichen Irrfahrt (ich stellte mich schlafend, während Daphne unablässig und sehr phantasievoll fluchte) landeten wir in Feurs. Bei einem ausgezeichneten vin de pays und einem Stückchen gebratener Leber versuchte Daphne, mich davon zu überzeugen, daß wir uns viel weiter westlich halten müßten. Sonst würden wir die Pyrenäen um einiges verfehlen und irgendwo bei Marseille im Mittelmeer versinken. Mir war das ziemlich egal. Erinnerte mich an die schöne Küstenstraße nach Perpignan und an eine nuit romantique mit Cassandra, die lächelte und gleichzeitig weinte, zu irgendeinem Stern hoch sah, meine Hand nahm und dann sehr leise und ein wenig verzweifelt flüsterte: „*Es wird ein schlimmes Ende nehmen.*"

Andererseits erinnerte ich mich auch an die unzähligen grünen Hinweisschilder mit genauen

Kilometerangaben bis Paris, an denen Daphne immer auffallend zügig vorbeifuhr.

„Laß uns einen Kompaß besorgen", schlug ich vor. Daphne hüstelte. Ich präparierte eine größere Arterie aus der Leber und schob sie an der Salatgarnitur vorbei zum Tellerrand.

Eine Heirat sollte man niemals ausschließen, dachte ich, als wir uns für ein Hotelzimmer einschrieben. Man kann überhaupt nie etwas mit Sicherheit ausschließen. Nie sagen, etwas würde auf gar keinen Fall geschehen. Es bleibt immer ein gewisses Restrisiko in allem. Vielleicht ist das die ewige Quelle der Hoffnung.

Ate verbrachte viel Zeit bei Cassandra. Sie war die Tochter einer befreundeten Kollegin. Wenn ihre Mutter Nachtdienst hatte, schlief sie bei Cassandra. Erst waren es ein, zwei Nächte im Monat, später kamen Wochenenden hinzu etc.

Ate war gerade zehn geworden, als ich sie kennenlernte. Sie hatte blonde, wild gelockte Haare. Ihre Nase war unverhältnismäßig groß, nahm übermäßig viel Platz in dem sonst sehr hübschen Gesicht weg, zog aber einen so vollendeten konkaven Bogen, daß man ihr eine gewisse eigene Ästhetik nicht absprechen mochte. Die Augen waren gemäß dem Kindchenschema groß, leuchtend und sehr blau. Ich hatte den Eindruck, sie würde etwas schielen, war mir aber nie ganz sicher, ob sie nicht absichtlich an mir vorbeisah.

Cassandra warnte mich am Telefon, ich solle mich an diesem Abend verbal und alkoholisch etwas zurückhalten. Wir könnten eine Nacht zu dritt nur in absolut nüchternem Zustand ohne größere Zwischenfälle überstehen. Und außerdem sei das Kind sehr empfindsam.

Ich brachte Ate eine deutsche Übersetzung des kleinen Prinzen mit. Sie sagte, daß sie mit ihrer Originalausgabe eigentlich sehr zufrieden sei. Nahm sie aber trotzdem.

Darüber hinaus bestand sie darauf, daß ich gefälligst etwas in die Knie ging, wenn ich mit ihr sprach, denn Erwachsene, oder solche, die sich aufgrund ihrer Körpergröße dafür hielten, würden immer sehr leicht über den Kopf eines Kindes hinweg reden. *„Zu so einem wie dir würde ich niemals aufsehen"*, sagte sie und starrte stur auf mein Brustbein.

Ich machte Spaghetti, Cassandra überarbeitete einen Vortrag und Ate las einige Kurzerzählungen von Thomas Mann.

„Was für ein kranker Typ", sagte sie irgendwann gelangweilt, warf Thomas in die Ecke, probierte meine Salatsoße, empfahl mir, meine Kräuter nächstens woanders zu kaufen, und suchte schließlich im Regal nach neuer Lektüre.

Ohne daß ich es verhindern konnte, griffen ihre kleinen, dürren Finger nach einem 500seitigem Pädiatriebuch. Eine Weile war es still. Ab und zu ein Blättern. Dann fragte sie Cassandra plötzlich mit ihrer frechen, trügerischen Piepsstimme, ob die primären Formen der Disaccharidmalabsorption denn häufig seien. „Nein", antwortete Cassandra ruhig. „*Häufiger sind eigentlich die sekundären Formen, zum Beispiel bei Zöliakie, schweren Enteritiden oder auch bei Mukoviszidose.*"

„Aha", piepste es. „*Mal sehen, ob ich das Zeug, das dein Typ da zusammenkocht, vertrage.*"

Ich jagte ein paar Spaghetti quer durch die Spüle, bis ich feststellen konnte, daß das Aldente schon um einige Sekunden überschritten war. Um potentielle Kritikpunkte möglichst vollständig zu eliminieren, setzte ich schnell neues Wasser auf.

Dann piepste es wieder. „*Ich muß meine Mutter unbedingt an die Auffrischimpfung erinnern. Polio, Tetanus und Diphtherie sind fällig.*" Kurze Pause. Dann kam sie in die Küche mit sehr kritischem Blick, rümpfte die Nase, packte mich am Hemd, zog mich auf ihre Höhe und fragte, wieviel Masern-Mumps-Röteln-Lebendimpfstoff ich einem Kind im zweiten Lebensjahr geben würde.

Ich schluckte. Überlegte. 2 Liter, dann wäre Ruhe, lag mir auf der Zunge. Konnte mich aber beherrschen, schätzte einen Milliliter und begann, ein wenig zu schwitzen.

Ate drehte sich um und verließ kopfschüttelnd die Küche. *„Mein Gott, wo hat der denn Examen gemacht.“*

Während des Essens (die Spaghetti waren fabelhaft, aber ich hatte irgendwie keinen rechten Appetit) folgten weitere Fragen. *„Was sind die möglichen Ursachen einer pubertas tarda?“*, *„Welcher Art ist das Fieber beim Still-Syndrom?“* etc.

Ich bat Ate, das Buch doch wenigstens während des Essens zur Seite zu legen, woraufhin Cassandra der kleinen Bestie erklärte, daß Männer immer dann, wenn man versuche, herauszukriegen, ob sie wenigstens ein bißchen was auf dem Kasten haben, sehr phantasielose Ablenkungsmanöver einleiten würden. Ate nickte und seufzte, als blicke sie auf eine reichhaltige Palette getesteter und durchgefallener Liebhaber zurück. Dann blickte sie an meinem linken Ohr vorbei und raunzte mit gekünstelt tiefer Stimme: *„Schlappschwanz.“*

Als Ate endlich wieder verschwunden war, kaufte ich 26 Großpackungen Kondome, meldete mich für eine Sterilisation an und bat Cassandra, ihr Diaphragma überprüfen zu lassen.

Es dauerte fast zwei Wochen bis ich wieder eine Erektion bekam und nicht mehr von kleinen Monstern träumte, die mich mit einem Stethoskop erdrosselten und dabei ständig „*DURCHGEFALLEN*" piepsten.

~

Daphne summte, hüstelte zwischendurch und lächelte ab und an zu mir herüber. „*Ist es nicht schön hier?*", sagte sie einmal, und es klang wie eine Liebeserklärung. Trotz Vivalan-Prophylaxe hatte ich eine herrliche Klarheit im Kopf. Meine Gedanken schienen für einen Moment geordnet oder unwichtig. Alles war von einer ungeheuren Komplexität, aber durchschaubar.

Wir fuhren 60km/h. Wenig Verkehr. Viel Sonne. Wenig Sauerstoff. Die üblichen Vibrationen. Ich sah mir an Daphne vorbei die Landschaft an (Felder, ab und zu eine Vogelscheuche etc.). Ein fataler Fehler. Denn ich stürzte unversehens und sehr akut in ein Emotionsdesaster beträchtlichen Ausmaßes.

Irgend etwas zog und zerrte an meiner Sehachse. Irgendwelche Hemmechanismen in der Steuerung meiner Augenmotorik versagten. Schließlich starrte ich Daphne direkt in ihre braunen Augen. Sämtliche Masken fielen mir vom Gesicht. Nackt und ungeschützt saß ich da und starrte. Meine Herzfrequenz stieg stetig bis zu einem Maximum

nahe der Leistungsgrenze, fiel dann aber langsam wieder auf sanfte 70/min. Bewegungen waren mir unmöglich. Eine mystische Ruhe schlich
sich ein. Daphne schaute unverdrossen schwei-
gend auf die Straße. Ein Moment des völligen inneren Stillstandes (bei einer äußeren Reisege-
schwindigkeit von immerhin 60 km/h). Mir war, als
käme etwas sehr Angenehmes aus Daphnes
braunen Augen und lege sich wie ein zitronen-
gelber Schleier über mich. Versuchte mich in einen konzentrierteren, nicht so diffusen Zustand zu
retten und mir ein hübsches Cassandrabild zu
zaubern. Hier und da gelang es mir, eine halbe
Cassandra-Lippe, einen Schneide- oder Eckzahn
in die Ecke meines Gesichtsfeldes zu projizieren.
Aber ein komplettes Cassandra-Gesicht bekam
ich nicht zusammen. Nichts wollte sich über
Daphnes Augen legen, die immer mehr gelben
Schleier produzierten, in dem ich mich hoffnungslos zu verfangen drohte.

Daphne hustete. Ich konnte meinen Blick von ihr
lösen. Fühlte mich aber ein wenig verändert. Irgend etwas hatte sich umarrangiert. Eine neue
Struktur oder ein neues Chaos war entstanden.
Versuchte ein paar Atemübungen.

Mein Hirn muß ein sehr lakunäres Gebilde sein,
dachte ich. Vollständig durchlöchert. Hier und
da ein einsames Neuron und ein paar bizarre,
recht unzweckmäßige Verbindungen.

Die Wahrheit ist nur, daß es die unzweckmäßigen Verbindungen sind, die den größten Einfluß auf untergeordnete Strukturen haben.

In Nummer IV kommt Effroi etwas lapidar zu dem Schluß:

Der Austausch von Zärtlichkeiten und Kränkungen täuscht nicht über den eigentlich symbiotischen Charakter einer Beziehung hinweg.

Von der Psychiatrie erreichte mich die Nachricht (DIN A4, Schreibmaschine, vorgedruckter Briefkopf, 2 Tippfehler), daß Effroi seit nunmehr 4 Tagen jegliche Aktivität eingestellt hätte, nicht esse, nicht trinke, nicht spreche, überhaupt keinen Muskel willkürlich bewege und die Augen geschlossen halte. Die Vitalparameter seien in Ordnung. Man habe ihn jedoch zur künstlichen Ernährung auf eine innere Station verlegen müssen.

Effrois Zeitplan kam mir etwas ungelegen. Ich war nicht mit der Hälfte der Manuskripte durch. Zudem war ich gezwungen, einen Haufen Zeit bei einem Dr. Soundso zu verschwenden, um an meine Verschreibungen zu gelangen.

Ich entschloß mich dennoch zu einem kurzen Besuch auf der Inneren. Letztlich war Effroi immer ein bißchen unberechenbar.

„Ah, mein lieber, endlich. Was man sich alles einfallen lassen muß, um sie zu einem Besuch zu bewegen. Bitte achten sie ein bißchen darauf, daß uns niemand sprechen hört. Es ist schön hier. Ich werde ein wenig bleiben. Setzen sie sich. Haben sie den Pernod dabei? Ah, sehr schön. Hören sie, ich habe wundervolle Gedanken. Fahren sie nach Paris. Finden sie Cassandra. Zaubern sie ein bißchen. Mein Gott, machen sie endlich ihren Mund auf. Es gibt keine Schuld für ihr Gefühl!" Der Doktor brüllte, drohte wieder einmal die Kontrolle über alles zu verlieren. Ein Pfleger kam ins Zimmer gestürzt. *„Sie sprechen ja..."*, *„Raus!"*, schrie Effroi, packte mich am Kragen, kam mir mit seinem dunkelroten, schweißgebadeten Gesicht gefährlich nahe und blies mir seinen schmutzigen Atem in die Nase.

„Reden sie endlich, sie Krüppel. Benehmen sie sich nicht wie ein Hanswurst im Universum. Machen sie sich zum Helden. Erobern sie Troja. Seien sie Achill, das Vieh." (Das nun nicht, dachte ich, aber vielleicht Troilos ...) *„Tun sie etwas. Schreien sie, kämpfen sie.."*. Er heulte. Dann sank er in sich zusammen.

Ich hatte keine hohe Meinung von solch aggressiven, konfrontierenden Therapieformen. War aber dennoch von Effrois körperlichem Einsatz beeindruckt.

Marc (viertes Buch):

Immer daran denken, wie viele Ärzte schon gestorben sind, die oft über ihre Kranken die Brauen zusammengezogen haben.

Ate, das zarte Kind, litt unter einer ausgeprägten Mondempfindlichkeit. Sie weckte mich. Wir setzten uns im Garten auf ein kleines wildes Wiesenstück, kauten Schokoladenkekse und fixierten gebannt die magische Kugel am Mitternachtshimmel.

In Gedanken ging ich noch einmal die wichtigsten pädiatrischen Morbi durch, um auf eventuelle Fragen vorbereitet zu sein und mir ein gewisses Restselbstwertgefühl bewahren zu können. Doch Ate hatte diesmal eine andere Taktik.

„*Bist Du romantisch?*", fragte sie mit leiser Piepsstimme.

„*Ja*", antwortete ich vorsichtig und verschluckte dummerweise einen halben Schokoladenkeks.

„*Cassandra sagt Romantik ist Selbstbetrug und Augenwischerei. Hast du das nicht gewußt?*", lavierte Ate weiter.

„Doch. Ich äh,... bin nicht aufdringlich romantisch. Eher defensiv. Ich möchte niemanden damit verletzen."

„Cassandra ist wirklich nicht zu beneiden. Meine Mutter hat zwar auch nur Waschlappen als Liebhaber. Aber sie wechselt wenigstens öfter als Cassandra."

Ate lies den Mond nicht aus den Augen. „Du führst ein recht latentes Leben, nicht wahr? Ich glaube, du wartest auf irgendwas. Auf was wartest du?"

Ich hatte tolle Mordgedanken. Versuchte dennoch, ruhig zu antworten. „Nun, da habe ich mich noch nicht festgelegt. Das wird sich zeigen. Ich meine, das entwickelt sich noch. Alles entwickelt sich ständig. Eines Tages wird man wissen, worauf man gewartet hat."

„Findest du das nicht etwas dekadent?"

„Nein. Ich finde, du solltest jetzt schlafen gehen!"

Ate grinste mich an. „Sei nicht traurig. Du bist halt nur ein Mann."

Jetzt hatte ich eher Selbstmordgedanken.

Ate nahm den letzten Schokoladenkeks und begann, laut die Sterne zu zählen. Auf ihren Armen hatte sie kleine Leukoderme. Milchig weiße, ungenügend pigmentierte Flecke. Falsche

Ernährung oder entsprechende Gene. Vielleicht eine Art integrierte Kriegsbemalung.

In Nummer IX schreibt Effroi:

Das Kind, das in einer Beziehung zwischen gegenge-schlechtlichen Partnern zur Welt kommt, wird von An-fang an zwischen die Fronten geworfen. Es wird schnell lernen, das wichtige Dinge sich prinzipiell widerspre-chen. Vom Ödipus zerfressen wird es früh in die Riege der Geschlechterkämpfer aufgenommen und trainiert, bis es nicht mehr widerspricht.

Ein gesundes Gegenbeispiel bilden Töchter aus lesbi-schen Beziehungen, die eine sehr offene und reife Ein-stellung gegenüber Männern zeigen.

~

Die sich unerbittlich vergrößernde Entfernung von Paris und Daphnes infektiöses Lächeln beunruhig-ten mich ein wenig. Ihre jetzt zeitweise recht aus-gedehnte Aphonie und die lakonischen Antwor-ten schienen irgendeine intersubjektive Botschaft zu codieren, deren Inhalt mir jedoch verborgen blieb. Vielleicht handelte es sich auch um eine Art Induktionskrankheit. An manchen Tagen ist man hochgradig beeinflußbar. Cassandra nannte sie S-Tage. Sie waren besonders für Kata-strophen geeignet. Wir untersuchten die Korrela-tion solcher Tage mit Mond- und Zyklusphasen. Es zeigten sich gewisse Häufungen bei Vollmond bei mir und um die Ovulation herum bei Cassandra. Wir behielten diese Erkenntnis für uns und versuchten, unsere S-Tage bewußt zu erleben.

„*Meine Güte Daphne*", sagte ich zu Daphne, die hüstelte. „*Du mußt etwas tiefer inspirieren. Du atmest ständig so flach, daß es wirklich nicht verwundert, wenn du dir da eine kleine Pneumonie anzüchtest.*"

„*Ich atme seit fünfunddreißig Jahren*", röchelte sie. „*und ich bin mit meinem Atemzugvolumen bislang sehr zufrieden.*" Dann bekam sie einen furiosen Hustenanfall. Es gab zum Glück keinen Gegenverkehr. Sie verlor vollkommen die Kontrolle über den Wagen. Trat bei jeder Verkürzung ihrer Trachea heftig aufs Gas, ließ erschrocken das Lenkrad los, hupte, fing sich aber nach ein paar Sekunden wieder und zwang uns so, unser Leben fortzuführen.

„*Es ist reine Faulheit, wenn man so flach atmet*", versuchte ich ihr zu erklären. Aber sie hörte nicht zu.

Ich konnte selten schlafen, wenn ich neben Cassandra lag. Meine Hormonspiegel kannten keine zirkadiane Rhythmik mehr und schon gar kein nächtliches Absinken. Darüber hinaus befiel mich regelmäßig die Befürchtung, Cassandra könne plötzlich aufwachen und mir etwas Wichtiges mitteilen wollen. Einen solchen Augenblick wollte ich nicht verschlafen.

In irgendeiner Nacht geschah es, daß Cassandra, die in der Regel eine (mir abgewandte) Linksseitenlage bevorzugte, sich in einer wilden REM-Phase erst auf den Rücken und dann sehr erregt hin und her drehte. Ihre Augenlider zuckten, und auch ihre Mundwinkel begannen mit sehr feinen, hochfrequenten Bewegungen. Ein wenig Speichel preßte sich durch ihre Lippen, benetzte sie und ließ sie im Halbmondlicht sehr mystisch glänzen. Plötzlich wurden sie auseinandergerissen, die Zuckungen intensivierten sich, breiteten sich über den ganzen Körper aus, jeder Muskel war aktiviert und im Moment größter Anspannung bäumte sie sich auf und rief: „Vater, ein Krieg, um ein Phantom geführt, kann nur verlorengehen!"

Danach erschlaffte alles, Cassandra drehte sich wieder nach links und schlief den Rest der Nacht bewegungslos durch.

Bei einem Frühstück am nächsten oder übernächsten Morgen kam ich sehr beiläufig auf die Griechen zu sprechen. Zum millionsten Mal. Ich lernte es nicht. Konnte nicht schweigen. Ein Brötchen kauen und alles runterschlucken. Infernalische Neugier. Sie bohrte, nagte, fraß. Wurde getötet und befruchtete sich immer wieder selbst.

Ein Feuer, das nicht erlöschen wollte. Kaum war es ausgesprochen, das heikle Wort, da lag es wie ein Höllenstein zwischen uns.

„Die Sache mit den Griechen geht dich nichts an!", tobte Cassandra. Wirklich wütend, aber auch verzweifelt. Tränen schossen in die braunen Augen. *„Wie oft soll ich dir das noch sagen. Laß es gut sein mit den Griechen. Das sind meine alten Geschichten. Halt Dich da raus!"* - Ach Cassandra, unsere Tabus!

~

Kurz vor le Puy weigerte sich Daphne, weiterzufahren. Wir würden sowieso nie in Andorra ankommen. Sie sehne sich nach ein bißchen Leichtigkeit. Und nach Zärtlichkeit. Außerdem habe sie seit zehn Tagen nicht mehr masturbiert, lamentierte sie und würgte den Motor ab. Meine ganze Cassandra-Latrie ginge ihr auf die Nerven. Mein Leben sei eine einzige Vollnarkose. Alles was ich sage, klinge nach Grabrede. Und es folgten noch einige weitere denunzierende Bemerkungen zu meiner Person, an die ich mich aus Gründen der Selbstachtung nicht erinnern kann. Sehr geschmacklos. Etwas dekadent.

Ich brauchte eine Menge Valium, bis ich mich ans Steuer setzen konnte, um uns möglichst schnell nach le Puy zu bringen.

Kurz vor der Ortseinfahrt ereignete sich ein schauerlicher Unfall. Ich kam von rechts oder links. Jedenfalls reichten meine Nervenleitgeschwindigkeiten nicht aus, um rechtzeitig zu bremsen. Es gab einen ungeheuren Knall. Schrecklich viel Energie wurde in schrecklich kurzer Zeit freigesetzt und verformte einen Haufen Materie.

Den Rest habe ich vergessen. Es gab wohl eine immense Aufregung, police, Menschen in Massen, überflüssiges französisches Gebrüll und ein oder zwei Abschleppwagen. Keine Menschenopfer. Irgendwann um Mitternacht in einem billigen Hotelzimmer in le Puy kam ich wieder zu mir. Daphne schlief. Französisches Bett.

Ach Cassandra. Paris, Troja ... immer diese großen Städte.

Effroi Nummerr XIII (inzwischen äußerst dramatische Handschrift, starker Tremor, viele Flecken unergründbarer Herkunft):

Doxepin zählt zur Gruppe der Thymoleptika und dort wiederum aufgrund seiner äußerst hübschen Ringstruktur (mit elegant integriertem Sauerstoffatom im mittleren Ring) zu den tricyclischen Antidepressiva vom Amitriptylin-Typ. Die potenten Moleküle zeigen bei ihrem Aufenthalt in den Gehirnstrukturen eine psychomotorisch dämpfende und anxiolytische Wirkung.

Entsprechend formuliert man die Indikation als ängstlich psychomotorische Erregtheit.

Vorwiegend thymoleptisch (depressionslösend) wirken die Dreierringe vom Imipramin-Typ. Sie werden folglich bei einer vital depressiven Verstimmung verordnet.

Zu ihren Vertretern gehört auch das besonders zu erwähnende Viloxazin im Vivalan mit seinen bemerkenswerten Ringatomen (zwei Sauerstoff- im mittleren und ein Sauerstoff- sowie ein Stickstoffatom in einem Seitenring).

Für psychomotorische Gehemmtheit sind schließlich die Desipraminringe zuständig (einsames N im Mittelring), die eine mehr thymeretische (psychomotorisch stimulierende) Wirkung zeigen.

Allen gemeinsam sind die folgenden Nebenwirkungen:

Blutdruckabfall oder Blutdruckanstieg

Hypothermie oder Fieber

Hitzewallung oder Frösteln

Herzstillstand

Leberfunktionsstörungen

delirante Zustände

und sehr viele andere mehr ...

~

Daphne schlief über den Mittag hinaus. Tief, bewegungslos, kaum REM-Phasen. Nur einmal hörte ich ein leises Seufzen. Sie hatte die Decke fest zwischen ihre leicht angewinkelten Beine geklemmt. Setzte mich an den kleinen verschrammten Holztisch am Fenster, drehte ihr den Rücken zu, und versuchte so ihre Intimität und ein bißchen Diskretion zu wahren.

Um mich ein wenig zu beruhigen, legte ich eine Liste mit den wichtigsten Majuskel-L-Wortpaaren an (schwarze Tinte auf DIN A4-Altpapier):

(1) Leiden / Leidenschaft

(2) Lüge / Lücke

(3) Lapis infernalis / Lapis philosorum

(4) lysigen (sehr hübsches Adjektiv, außer Konkurrenz)

(5) Luzidität / Luzifer

(6) Lunatismus / Lunatürlichkeit

(7) Liebeslied / Lidschatten

(8) Limes / Liebesgrenze

(9) Lutetia ... Einzelwort, disqualifiziert!

Am Nachmittag erledigte Daphne einige Formalien bei Werkstätten und Versicherungen. Ich fand ein nettes Bistro direkt gegenüber einem kleinen Park mit rechtwinklig angelegten Kieswegen. Nahm einen Fensterplatz und einen Pastis. Im Park schlurfte ein kompliziert ineinander verschlungenes Pärchen über den Kies. An der Kreuzung zweier Wege blieben die beiden stehen, küßten sich heftig und gingen dann in entgegengesetzte Richtungen auseinander. Ich fragte mich, ob sie sich jemals wiedersehen würden.

Auch Marc muß sich mit solchen Phänomenen beschäftigt haben. Im siebten Buch schreibt er:

Denk nicht an das, was dir fehlt, als ob es schon da wäre, sondern wähle von dem, was du hast, das dir Kostbarste aus und male dir in Bezug darauf aus, wie heftig du danach verlangen würdest, wenn du es nicht hättest. Hüte dich aber davor, daß du dich daran gewöhnst, es zu überschätzen, weil du eine solche Freude daran hast; denn dann könntest du die Fassung verlieren, wenn es einmal nicht mehr da sein sollte.

Effroi lag wieder im psychiatrischen Zweibettzimmer. Als ich mit den Manuskripten durch war, machte ich einen kurzen Besuch. Er sah sehr zufrieden aus. Frisch rasiert. Ich solle mir ruhig Zeit mit allem lassen, sagte er ruhig. Manchmal vermisse man ein wenig Unendlichkeit im irdischen Chaos.

Ich berichtete ihm von meinem Entfragmentierungsvorhaben, vom Tod der Aphorismen. *„Sehr schön, mein lieber"*, lobte er. *„Das ist gar kein schlechter Ansatz. Ein bißchen die Scherben zusammenkehren. Sehr schön. Ich werde jetzt ein wenig schlafen. Kommen sie wieder."* Er küßte mich auf die Stirn und schloß dann pathetisch

seine Augen. Psychiater sind einfach jämmerli-
che Schauspieler.

Brief Nr.140 an Cassandra:

*Es scheint, daß sich die Kräfte, welche zwischen Atomen
oder Ionen wirken und sie zu Strukturen zusammenhalten, mit der Zeit verbrauchen. Immer gibt es Elektronen,
Photonen oder sonstige Unglücksbringer, die sich irgendwo hineindrängen oder sich heimlich aus dem
Staub machen oder sich von einer anderen Struktur so
angezogen fühlen, daß sie die alte verlassen. Der stän-
dige Fortbewegungsdrang solch anarchistischer Teilchen ist der Motor der Auflösung und der ständigen Ver-
wandlung.*

*Ich werde ein Buch darüber schreiben und eine Tube
Klebstoff beilegen, damit man wenigstens das Gröbste
notdürftig zusammenhalten kann.*

*Ate geht es gut. Sie bekommt jetzt ihre Regel und be-
wahrt ihr Menstrualblut in kleine Reagenzgläser gefüllt
im Tiefkühlfach auf. Sie sagt, alles, was ihr Körper pro-
duziert, habe einen gewissen Wert, und man sollte nicht
so achtlos damit umgehen. Ich finde es ekelhaft. Aber Du
kennst sie ja.*

~

Am Abend lud ich Daphne in ein sublimes Re-
staurant in der Nähe unseres Hotels ein. Viele
kleine Zweipersonentische, fleischfarbene Tisch-

decken, ausschließlich Kerzenillumination. Insgesamt ein bißchen geschmacklos, aber Daphne gefiel es sehr gut.

Sie schlürfte sich durch einen Schneckenberg. Ich bevorzugte einen Salat und hielt mich an den Hauswein.

„Manchmal geht alles so schnell", behauptete sie nach einer Weile und starrte auf die leeren Schneckenhäuser. Da spritz' ich den Leuten das Bewußtsein weg. Das geht in Sekunden. Und wenn ich die Spritze absetzte, habe ich immer das Gefühl, daß sie mir bestimmt noch etwas wichtiges sagen wollten. Ich weiß, es gibt keinen Stillstand. Nicht im Tod und nirgendwo. Aber ist es nicht schrecklich, wenn man nicht mehr darüber sprechen kann?"

Sie hatte einen wundervollen, irisierenden Glanz in den braunen Augen. Ich nahm einen Schluck Hauswein und schwieg, um nichts zu zerstören.

Cassandra, Daphne . . . Die erste Offenbarung ist leicht. Aber ein zweites Mal kommt es einem nur schwer über die Lippen. Es ist die ungeheure Angst, Reststrukturen zu zerstören; das einzige so zarte Fädchen zu zerreißen.

Auf dem Weg zum Hotel mischte sich Vollmond-
licht mit einer diskreten Straßenbeleuchtung.
Daphne griff nach meiner Hand. Die aufdringli-
che Romantik eines solchen Szenariums war nur
unter einer Vivalan-Vollprophylaxe zu ertragen.
Mit einem Mal zuckte Daphne ein wenig zusammen. *Eisprung*, flüsterte sie und sah mir gefährlich
tief in die Augen. Dann spürte ich ihre Zunge auf
meiner Mundschleimhaut. Unser Speichel vermischte sich, und wir tauschten ein paar Billionen
Bakterien und Viren aus.

Im französischen Bett verbrauchten wir einige
blaue Kondome. Löschten uns sämtliche Gedanken aus dem Hirn. Verschmolzen ein wenig und
lösten uns ein wenig auf.

Ich habe nie verstanden, wie Kassandra Troilos
den Brustpanzer lösen konnte. Mein Gott, sie hat
es doch gewußt. Immer alles gewußt...

Irgendwann weckten mich Solarstrahlen und
mein junger, noch unausgereifter Katastrophen-
sinn. Ich brauchte einige Zeit, um festzustellen,
daß ich der einzige Mensch im Hotelzimmer war.

Daphne hatte sich gegen einen grauen DIN A6-
Zettel ausgetauscht, der nun neben mir auf dem
Kissen lag. Es vergingen wiederum wertvolle

Sekunden, bis ich endlich unter dem Bett meine Brille fand. Nicht weit von ihr entfernt stieß ich auf einige Papierschnipsel, deren Hauptansammlungsgebiet auf dem Boden vor Daphnes Bettseite zu sein schien. Der Menge nach handelte es sich wohl um die Überreste einer vorsätzlich zerstörten DIN A4-Struktur.

Ich kroch unter dem Bett hervor. Warf einen Blick auf das graue DIN A6. Daphne hatte meinen Füllfederhalter mit sehr dünner Strichbreite benutzt und versucht, damit sehr schnell sehr große Buchstaben zu malen. Das Ergebnis war ein sehr unschönes, zerstückeltes Schriftbild. Es handelte sich glücklicherweise nur um 13 Buchstaben: *VERTRAGSBRUCH!*

Stellte mich unter die Dusche (eine Auflösung ohne Wasser schien mir zu diesem Zeitpunkt noch zu unkonventionell, Tränen ließen sich auf diese Art hervorragend retuschieren).

47 Minuten später führte ich von der Rezeption aus ein Gespräch mit der Psychiatrie. Die Verbindung war äußerst schlecht. Viele Störgeräusche. Mit Effroi würde es nun endgültig zu Ende gehen, hörte ich. Er hätte oft nach mir gefragt. Jetzt sei er wieder vollkommen inaktiv. Man werde aber nichts mehr unternehmen. Schließlich müsse man auch die Kosten solch sinnloser Maßnahmen im Auge behalten.

Ich legte auf. Packte die Reiseapotheke, Marc, Diaphragma und die paar Kleider zusammen, steckte die Papierschnipsel in eine leere Vivalan-Schachtel und nahm einen Zug über Paris.

„*Mein lieber*", röchelte Effroi, und zum ersten Mal klang das, was von seiner Stimme übrig war, wirklich besorgniserregend kraftlos. Überhaupt war der arme Doktor zu einer erschreckend kachektischen und infirmen Gestalt verfallen. Ich stellte mir vor, daß es jetzt wohl sehr schwer sein mußte, mit dem Rasierer über die Kanten in dem knochigen Gesicht zu kommen. Seine Arme waren eine Hämatomlandschaft, seine übrige Haut blaßgrau.

„*Wie konnten sie mir das antun? Nach Frankreich. Ich habe so hart mit ihnen gearbeitet, und sie fahren ausgerechnet nach Frankreich. Ignoramus et ignorabimus. Sie haben mich ein bißchen enttäuscht. Geben sie schon den Pernod her. Man sollte wenigstens einen vertrauten Geschmack auf der Zunge haben, wenn man abtritt. Hat sie diese Anästhesistin verzaubert?*"

Ich sah aus dem Ostfenster. Die Gitterstäbe verliefen schön parallel. Sehr gute Arbeit.

„*Kommen sie her*", krächzte Effroi und zog mich zu sich herunter. Unsere Nasen drohten sich zu berühren. Er kämpfte fürchterlich, um noch etwas Sauerstoff in sich hineinzusaugen. Aus seinem Rachen stieg ein schauriger Foetor auf. Erdig, hepatisch, von einer kräftigen Pernodfahne überlagert. Er flüsterte jetzt nur noch: *„Es gibt keine Therapie, mein Freund. Nichts gegen das Leben und nichts gegen den Tod. Verstehen sie? Wozu quälen sie sich mit der Frage, woher ihre kleine Lebenskatastrophe kommt? Nehmen sie's doch als ... na, sagen wir Lapsus congenitus."*

Er versuchte, zu lächeln. Aber auch diesmal war er ein schlechter Schauspieler. Langsam ließ der Tonus seiner Lidheber nach. Ohne Bart und mit einer tiefen Verzweiflung im Gesicht fiel er ins ewige Koma.

Am Teak-Schreibtisch sortierte ich die 64 Papierschnipsel. Sie ließen alle eine rechteckige Grundform erkennen (ganz wie die Mutterstruktur) und hatten annähernd die gleiche Größe. Etwa auf der Hälfte von ihnen waren Wortfragmente aus dünner schwarzer Tinte zu erkennen. Ich kämpfte gegen einen leichten Tremor und machte mich an die Rekonstruktion der DIN A4-Struktur. Indem ich die Schnipsel zwischen einigen Vivalan-Tabletten und Pernodflaschen auf der riesigen Schreibtischplatte hin und her schob, gelang es mir nach etwa 20 Minuten eine gewisse Übersichtsordnung herzustellen. Ich las:

Dies ist ein Spontanereignis. Ich werde diese Welt ver-
lassen und nach Paris gehen. Troja lebt, Bitte schreibe
mir postlagernd.

Daphne

Ich schob die Papierschnipsel beiseite. Legte mir einen dicken Stapel gebleichtes DIN A4-Papier zurecht und schrieb (Brief No1 an Daphne):

Was man verliert, verliert man für die Ewigkeit.
Was interessiert mich Troja. Ich bin niemals dort gewe-
sen.

- FIN -

Marc Aurel, Selbstbetrachtungen, Siebentes Buch:

Mag, was da will, von außen die Dinge treffen, die durch solche Anfälle leiden können. Denn sie, die dadurch leiden, werden murren, wenn sie wollen; ich dagegen habe - wenn ich nicht wähne, daß das, was mir widerfährt, ein Unglück ist - auch noch keinen Schaden davon. Es steht aber in meiner Macht, es nicht zu wähnen.